みえのふみあき詩選集

Mieno Humiaki

本多企画

みえのふみあき詩選集

みえのふみあき詩選集　目次

詩集＊少女キキ（一九六三）

詩集＊虻（一九七五）

愛の生活・2

懐旧詩篇

Ⅳ別府

詩集＊枝（二〇一三）

詩集『少女キキ』（一九六三年一〇月一〇日　思潮社刊）

I

少女キキ

……キキは十四才の夏に死んだ

ながすぎる栗色の髪は母のものだ
キキよ　ひかりは
あなたの体にそってゆるく窪み
立去ったあとの水の上に
花びらの形をした不実の渦をひとつ残した

あなたは知っていた
不器用に意志をまねる肉体は「私」ではないと
呼吸するたびに乾いた砂が肺に沈んだ
あなたを売る呼び声を埋めた

自分の狂気を食べながら痩せていった
キキよ

　石の階段を降りなさい
銃を担いで
水平線の上をいく失業者の列の一番あとに
老いたひとりのあなたを加えなさい
いっせいに銃眼がふりむき
じっとあなたを見詰めるように
そして捨てなさい捨てなさい
ひとりづつ足を踏みはずしながら墜ちていく処
　刑の朝に
髪も腕も捨てなさい
肉体があなたを追いこすとき
キキよ　あなたには
言葉の耳飾りと純潔な額があればいい

夏と海と空が青いということも

いまとなっては信じ難い　キキよ
夏は静かにひろがる白い火事
海は怠惰な臨月の女
空は逆に掘られた墓穴ではないのか

さようなら　キキよ
私の年上の属性　私のやさしい吐気よ

古代少女

埴輪

死者の
あついおもいに形どられて
身動きすらできない時間
いちども
高くさしあげられたことがなく
はじめから
言葉のように乾いている
水甕
とおい仮眼の空
それは名もない少女たちの
委託を受け
いまでは自分の顔さえも忘れて
不在の前に立っている恐怖の大きさだ
傾いた
からっぽの眼には
美しい夕ばえがさかさまに
映っていて
その欠けた傷口からは
出会いと別れの
歴史が
病んだ家系のように低く聞えてくる

ビブリスの歌

かなしみは空の色に似ている
うすい緋色のかげをたたえて
おまえの小さな世界を沈めて
それは互に背中をむけあった
銃の眼からとめどなくあふれ
あふれでる声のふちをさらに
ぬらす不実の泉ではないのか
おまえよりも偉大で地上では
かなしみですらあり得ぬ愛の
泪の野犬よ

エフタの娘

歌ははげしい風だった
ゆれうごく腰のまわりをまわりながらその中心に沈ん
　でいった純潔のうず

ひそかに並べられ数えられ用意された六月の朝の野菜
　市場

突然　それらが雨の路上に売りだされるときまで

そのときまで　勇士もおまえもひとびとも

たやすく買いとった勝利の約束について何ひとつ理解
　してはいなかった

エフタの娘よ　街には旗と怒号があったけれども

夏とすべての闘いはおまえの皮膚の内と外で別々に始
　まっていたのだ

そうして　二ヶ月の間
おまえの嘆きは男を知らぬ二つの乳房の上にあった
その円錐形のくらやみを両手に抱いて　おまえは
未知の腰　おまえのたましいの納骨堂を他人のように
　ひらいていった
くりかえしおまえ自身に向って

駅にて

妹よ
あの重い貨車の中に

おまえの春を積みなさい
鉄の扉をかたく閉して
その闇の内側から
去りいくものを見詰めなさい
樹木やパンやレールの継目や
おまえの信じるいっさいの耳鳴りを
愛はうすい季節の苦汁
世界は爪をはがれた街角でしかないだろう
妹よ　ひととき啞の獣のように
私の脇腹にねむる塵のうずよ

水の上で

水の上で
ふと出会った二つの雲は

たがいに相手の中を吹きぬけようとして
形を忘れる　そして
ふれあった肩だけを水面に残し
空のいろにかえってしまう

そのちぎれた肩に
たましいの爪あとを見いだすものは
岸辺にそって
夢のそとに足をふみはずし　朝
病弱な少年のように
みずからの不始末に溺れてしまうだろう

○

水の上であなたと賭をしよう
水の上を歩くことができるかどうか

水面をさかいに二つの空があり
二組の私たちが
それぞれの空に向って立ちあがるとき
あなたの足のうらは
あなたの足のうらに重なって
そのように私の足は私の足に支えられる
だから　私たちの愛の重さが
私たちの影のそれと等しいならば
ああ　私たちはおのれの愛を信じるかぎり
しんじつ水の上を歩けるのではないだろうか

○

水の上で
あなたはきびしく閉じたチャックの継目
いや　それは
その純潔な言葉の継目は
あなたの歯と私の歯とが所有に苦しみ
たがいちがいに噛みあって

毛虫のように
顫動しながらあとしざった愛のかたち
喰いやぶった〈きょう〉のかたち
めくるべき明日もないのに
なおもあなたはめくられながら
私はあなたをめくりながら
ミシン台の上をすべる下着のように
明日のふちへと縫いこまれる企みの
肉のふかさだ

鳥籠

大きな鳥籠
小鳥のいない大きな鳥籠
亜鉛メッキの金網で鋭く囲まれ
囚われた休日の内と外
一発の銃声に目覚めれば
あなたは内であり
同時に内なる声をめぐる飢えた気圏だ
背信と饒舌のあいだを
吹きぬける上昇気流
鳥籠の中心に
さかさまに吊された死の止り木から
逃亡する恐怖のとおい羽音

朝　それでも石の上に
あなたは美しい影を落とし羽搏く
囀声が聞える
あなたは　たしかに
いまも大きな鳥籠の中にいるのか
閉じた回路を疾走する狂気
みえない争い
触れようとして触れえぬ呪縛のかたち

一瞬　思いあまってあなたは
金網の外へと転落する
さわやかな断絶　小鳥のいない
大きな鳥籠に囲まれた自由の内と外

叫び

企みだから　私のいないところで
はじまっていた私は真昼の爆発だから
太陽とあなたとの野合から
おしだまった事物の愛のさけめから
突然　あふれ渦まき
とび散った耳の小さな疑惑だから
今になって　私の願いは
あらゆる謀議のはじめに立会うことだ

けれど　私とは
それでもひとつのいのちだから
その〈はじめ〉に私が立会うこともなく
すでにはじまっていた叫びなのだから
大地のやさしい呻きによって
揺り起された私は肉の言葉だから
舌のとぼしい火焔だから
ああ　私に今からはじめる何があるのだ

TWO BEINGS

向いあって
空と海とがたがいに似通っていくように
たえず向いあって

影に似ようとするあなたの愛

正午　影はあなたの足に吸われて
もはやあなたは土管のように
あなたの内部にしか影をもたないだろう
腹をへらし立ちつくしているだろう

夜景

逃げること
ひたすら逃げることによって
あなたは野を捨てあなたは街となる
あなたは川をさえぎり
夕日のようにあつく傾いて
地を這うのだ

いや　地があなたに犯されて
暗い水面のように膨れあがっている
だからあなたは　恐怖の底に
火をかこい火をそそぎ
あなたは燃えながら逃げていくのだ
果実のようにあなたをしぼり
あなたから　かぎりなく
あなたを減らして

求婚

呼べば
あなたは何処にでもいる
樹と呼ばれ伸びあがる光の背筋
岩と名付けられた腰の堆積

ふいに肉をひきさく
合歓の叫び
うすく虹のように血をひいて
あなたは水面を走るみえない傷口
報復の軌跡であってもいい
すべて　あなたを
あなたの本性から遠ざける
ただの呼び名であればいいのだ

けれど　いま
あなたは何処にいるのか
土塊のように蒼ざめた朝の額
あなたの欠落した空の異様なひろさ
私は私の荒野に杭を打つ
打つことによって
私が囲み抱きとったあなたの亡骸
在ることをさえ断念した土の花嫁
妻と呼び母と呼ばれる

呼べば呼ぶものの声のうちに甦える
不断の呼び名　愛の契約よ
囚われた私こそほろびの縄目だ

あなたは暗く満ちて

こうしてあなたにお会いできずに
あなたを聞くこともない
それでいて　あなたにはじまり
あなたに帰るしかない日々　私は
まだあなたを知らない　闇よ
と小さい声で呼んでみる
あなたは暗く満ちて
泥のようだ
あなたは泥だ　あなたは

ただの泥でしかないと思えば　私は
棒杭のように沈みはじめて止まらない

主よ　と
それでも私はあなたを呼べない
あなたは地によどみ
あなたは流れるあてもないたまり水
水面に手のひらを置けば
手はくさり　日々腐れしたたり
もはや　あなたを摑めはしないのだ
閉じて私をとらえよ　闇よ
聖なる会堂　神の閨房よ
あなたを信じきれずに　夜明けの空へと
押しだされる罪囚の背をあわれみ給え

エスキス・母

わたしの生れた日は滅びうせよ
「男の子が胎にやどった」と云った夜も
そのようになれ（ヨブ記第三章）

II

I

時と場所　そして
あなたを選んだのは私だったか

生れたとき
かるく嚙んで確かめたのは
母ではなかった

ゴムの乳首はやわらかすぎて
山羊の乳は臭かった
泣き声につまずく耳もなかった

だからその日から　私は
あなたに向ってあるきはじめた
だからその場所から　私は
その日に向ってあるきはじめた

記憶のない空白の朝
食卓の周囲をまわる貧しい冬秋夏春
どれもこれも少しづつ遅れて
行き止り
不在の正面には板塀があり
釘で画れた稚拙な性器が墓穴のように開いている

その向うにあなたがいるのか
三人の尼僧が
腰で俗歌をうたいながらやって来た
だがおかあさん　病みあがりの
薄手のエピキュリアン
三つの声のどれがあなたかわからない

Ⅱ

夕立に追われてあなたは走る
風が雲を追うように　雲の境界線が
野の果へとあなたを追いつめる
雨が背中をながれる
だが陽はまだあなたの胸を照している
走りながらあなたは
もう夕立に
先を越されたのではないかと考える

立ちどまれば
すでにあなたは形ではないだろう

声だけが　雨に打たれて
白い吊輪のようにうつむいて揺れている

Ⅲ

あなたの背中を見たことがない
顔なら私は
すっかり知っているのだが

時間の軸にそって　逆にあなたは
夕方から朝に向ってやってくる
だから正午　あなたと私が出会う橋の上では
ひかりは私たちの真上にあって
ふたりの背後に世界はないかと思われる
あなたの街とあなたの季節
私の街と私の季節が
黙ってすれちがったあとで
ふいに私がふりかえってみても

きまってあなたも此方をふりむいていて
またしても私たちは
たがいに相手の背中を見いだすことができないのだ
けれど私は　おかあさん
あなたにも背中があることを信じている
空はそこから
あしたのようにふかく欠けているだろう

Ⅳ

村役場にて

役場の入口には石段があった
土鍋のように睡りこけた村の正午
その石段をあがってきたのは
あなただったから
農夫の家系の最後の石につまずいて
おもわず髪を押えようとしたのは
あなただったから

そのめまいの中心で
私は馬のように嘶いたのだ

あなたが石につまずく
それがひとつの始りだった
あなたが髪を押える
気軽で何という美しい合図だろう
あなたがあなたの形を整えようとして
ふと役場の暗さにとまどったあの一瞬
あのとき　私はからっぽの
あなたの胃袋にぶらさがって
海を見ようとふくれあがっていたはずだ
いや　あのとき
あなたがあなたの形を整えようとして
おのれの暗さにつまずき
ふいに世界を見失ったあの一瞬
あなたと私がいれかわって
私の出生届があなたの死亡届になったのだ

暗い役場の受付で
いま私はあなたの過失をめくっている
あなたは何と弁明するか
私の食べる〈あした〉の中に
あなたの唾液がひろがっていくのを

V

…ストリッパーに

Hanaeよ
ローマ字でしか綴れない都市のように
国籍もなくひらいているあなたは何だ
何だろう　巨眼のように
ながい髪は海の上にうずまいて
視線の波があなたの肩を裸にする
ひたひたと音を立てながら胸から腰へと

すこしづつ遅れて
あらゆる門限よりもさらに遅れて
ひとはあなたが現われるのを待っている
最後にあなたの手のひらで
たくみにさえぎられた廃坑から
Ｈａｎａｅよ　その水びたしの窪みは
そこから一羽の水鳥が飛び立つために
いつまでも暗くざわめいているのだろうか

いや　あなたは
けっして現われはしないだろう
あなたがそれを隠すのは
その向うでひとりのあなたが
羽を休めていると思わせるさびしい手管だ
けれどＨａｎａｅよ　私は
見た
そのようにしてあなたがさえぎった明日を
屋根も街路もどんな甘美な書割もなく

あなたすらもういないひとつの場所を
ああ　そこには何もないのに私は
見たのだ
そのみえない水の罠をくぐって　いまも
肩をおとした坑夫の列が這入っていくのを

はじめから　そこには
あなたがいたわけではないのに
大地はあなたをまねて口をあけている
その暗い夜明けの底をのぞくものには
水母のように宙にゆれていて
ふれるべき形のないあなたの踊りが見えるだろう
踊ることによって　Ｈａｎａｅよ
与えるというあなたの愛の形式は
蠅のようにむらがる視線の愛撫に溺れてしまうだろう
その過剰な注視の中心で
いっそうひもじいおもいに囚われながら

あとがき

美しい言葉がある。太陽、海、樹木、夜、街々、これらの言葉は本当に美しい。詩は、少なくともいまの私にとって、言葉の美しさ、言葉だけの美しさを信じる試みである。

言葉の背後には何もない。「太陽」は、単に太陽と云う言葉であって、その熱や、輝きを伝えるための象徴ではない。まして、ある夏の正午、突然私を襲った眩暈について名付けられたものではない。海は潮騒を、街々はそのざわめきを伝達する言葉ではないのだ。詩を書くことは、だから私にとって、経験から言葉を選ぶことではなく、逆に言葉に経験を従属させることであった。そしていま、言葉は私の経験を予測し、支配しようとする。

ここに集めた十一篇の詩は、或はこのような言葉による逆支配からの逃亡、叫びに過ぎないかも知れない。ただ私には、これらの詩も、言葉だけの美しさによって完結した小さな世界、その世界の実在を信じようとする闘いであったのだ。

一九六三年　夏

みえのふみあき

詩集『虻』（一九七五年四月一日　昭森社刊）

I

黎明

どんな眼差しも
見ることを強いられてはいなかった
ながい未明のあと
空が青さにいたる透明のかさなり
その不純な抵抗をつらぬく光束のなかで
ちりはたえず動きまわっていた
動きまわり　光に
明るさをかえしていた

そのわずかな明るさのもとで
物たちはすばやく分れはじめていた
薄明の空から分別される無数の
透明な虫たちのように
分れながら　枝はなお空を夢見て
いちように慄えていた
そして直進する光の暗黒のはてでは
樹よ　眼差しははやくも
明証への思いにはげしく潰れていた

ひばり

＊

曙はすでにつらぬかれていた
するどい歓喜によって
だがおまえはまだ夢みていた
遠く高く舞いあがりながら

晴れわたった夜明けの空の
このふかい休息　精練された輝き
みえない無数の春の冠
最初の光とともに
おまえの鳴き声がそれらのふちを飾るように
鳴け　ひばり
世界はおまえだけでありあまっている

＊

あけがた　私はおまえを経験した
おまえのなかの高さにおいて

それは地の否定だった
おまえであることは
日の高さ　水の高さ　ねむりの高さ
白い雲のつねにとどかぬ高さ
それら日々の固有の高さのうえに
さらにもうひとつの高さを思うことだった
たとえば　花は花
木は木　水は水　空は空の
この同語反復のはてしないきわみに
土管のように単純によこたわる
自由を思うことだった

歌

鳥はどこから飛んでくるのか
夜のやさしい鳴咽をくぐって
羽音とともに　ふいに
朝の食卓をかすめるほろびた村の祭壇
涙の日　灰の胸飾り
精液にぬれてやすらいでいる

五月の下腹部　苦い水
鳥はどこからどの径をとおって
ときはなたれた歌のひろがりの
どの音節から　突然地上の
せまいねむりのなかに墜ちてくるのか

サロメ

広場はわずかに傾いていた
赤く眼のはてまでひろがっていた
海綿のように光を吸いとり
言葉のまえで暗かった

あのときおまえは語らなかった
根絶の思いを担って

川をわたってきた男のことを
男の指先からしたたる洗水の耀きを
男を思うたびに　おまえの
胸にひろがるやさしい擾乱の泡立ちを
涙のあふれにさからい膝をつく
その屈曲の暁方にむかって
手は滅びていた
けれどもおまえの思いはなおも狂舞し
たおれた男のうえにははげしく散乱した
みだれた光の刺繍のように

花について

花について
小さな自由の自足について

もはや信じることはできない
蜜の中心に石をはらみ
熱く息づいているゆえに
やさしく純粋な怠惰のゆえに

けれど　日は石をあたため石をいだき
何の種子に変容しようとするのか
花は花　比喩の外側へと
うたれた傷のようにひらいて

桃

裏山の桃が咲いた
四囲の空気をわずかに潤ませていた
二月のおわりの細い光は
うるんだ空気にゆるく分散し
なにひとつ思いだせないあなたの眼のように
白く濁っていた
静かだった　言葉は狂い
あなたは永遠に不在だった

だが　少年のころ
私はよく桃の木にあなたをたずねた
枝の先の墓地の暗い無辺のあなたの内部に
たんねんに光を敷きつめて遊んだ
その拒絶のはげしい照りかえしのなかで
蜜のように眠りこむまで
母よ　いまあなたは誰のものか
桃がふたたび咲き私が死んだいま——

虻

虻が飛んでいた
姿のない羽音とともにいつも焦燥があった
幼い日々へと蛇行する小川の岸辺
すべての追憶のつきはてた場所への
はげしい昏睡のあいまあいまに
私ははじめてあなたを知った

水面のわずかな起伏に
未知のあなたの肉体をたどる
手の惑溺　ヘビイチゴの赤い実
水の窪みへといそぐ虻の
高い唸り　きらめき
amour amorphous
amorphism………

……………………
あなたを知ったあとでは
草花咲くあの鮮明な岸辺とともに
世界もまたしずかに自壊するだろうか
いまはただ虻の羽音ばかりの
ふたつのセクスの間の無限微小空間
母よ　あなたのすさみのなかへと
なおあふれでる水泡があれば
その消滅で私を反復せよ
いま一度かぎり

聖テレジヤ

少女は云う
〈くる日もくる日もせせらぎの音がする〉と

たとえば花の散りかた
枝をはなれた花びらはまだ水面にとどいてはいない
そのひきのばされた淫らな時間
十字架のうえの襤褸をまとった男の細い腰の苦汁を思
う
汗ばんだ手のなかでとつぜん怒張するかれの脈動をひ
　と思いに握りつぶして
あしたを除外する

〈テレジヤ　われは聖テレジヤなり〉と
心みだれし少女は云う

彼方へ

とぶもの

雨後の葉うらの澄明な午前をとび
その小さな跳躍の未完の頂きをとびこえて
自己投棄するもの　私は腕のなかで
おまえはたえざる没落だった
多片状雲母にさえぎられた幼年時代への
廃墟の敷石のうえで
音もなく崩壊する春のねむりの奥深くへと
獣のように拉致された盲目の少年の
無為の額のうえの無意味な無風
うごかない一片の白い雲
いまもきっと　おまえは
明暗への憎悪に耐えているだろう
樹が鎮まる　そのときから
光はおまえの負債となるだろう

木の課題

昨夜、私は木を思った。木を思うことは、木とともにあることではない。木を思うことは、むしろ木からそれることだった。私は木を思うことのみを願ったが、ひたすら木を思おうとすると、たちまち葉のざわめきやその呼吸作用に心を奪われるのだった。

葉を思うことが、かならずしも木を思うことから逸脱したことにはならないかも知れない。だが、葉のしげみに抱かれた小さな入江、そこだけが真昼のように輝いている海面に不眠をひたすことが、木の自由を思うことといえるだろうか。

海辺の物置小屋では、数えきれぬほどのぞうり虫がくる日もくる日も潮騒と赤錆びた永遠を食べている。無数の繊毛がせわしく動いて、葉の気孔をひとつひとつ湿った砂で埋めていた。この絶望的な作業を思うこと、とりわけ埋めのこされた気孔のひとつが軟体動物の飢餓のように拡大し、ひと思いに日を呑みこもうとする潰滅的な同化作用を思うことは、現に存立する木を思うことと何のかかわりがあるだろうか。

実際、木を思うことは、木を訊ねることではない。木の不動が私をしばり、枝とともに空のひろがりを思うことだろうか。枝のとどかぬ先にどんな住処があり、そこから突然どんな悲鳴が聞こえてくるか。

いや、木を思うことがしょせん木からそれることであっても、その思いによっていっそ根こそぎ木を倒すことが、木を解放することではないか。

庭はたえず木の非難に揺れていた。そして、無数の小鳥が熟れた木の実のように地上におちてくる。私は木を思い、ついには木よりも高く破滅をささえて夜明けを待つのか。洪水をささえる雲のように不確かに。

Ⅱ

婚姻・Ⅰ

手をとって私はたずねる
あなたを何と呼べばよいか
つねに石柱の右にあり
私の呼び声を怖れる者よ
夜はあなたの水甕のまわりを
熱風のようにまわっている

熱い息のしたでいまあなたの胸は
純白の花盛り　妻よ
心して風に耳をかすがよい
うつろな日々があなたをぬけて天空にでる

その先でおこる小さな変事を　共に
信じることができるか
夕日が樹木を金色にそめあげ
私の手のしたには　蛇と墓
泥と太陽に泡立つあなたの乳房がある

ときおり　やさしいねむりから立ち帰り
蜘蛛の巣をすかして　夜を
さしのぞく者よ
暗く闇にまぎれて私たち
悪をなすものを赦せ

婚姻・Ⅱ

ふかい霧のむこうには
いつも山がかくされている

その証しをめぐる　乳白色の
朝の　つめたい蜜のながれ

あなたの羞恥をつつむのに
しんじつ何トンの霧がいるのか

六月の花嫁よ
主の熱い口説に応えて

夜とその闇のふかさを知ったものは
すでにして恥ずべきものだ

婚姻・Ⅲ

あなたはどこであなたの午前をねむり
あなたはどこで日を蓄えたのか

あなたにはいま時がない
うばわれるべき明白な〈あす〉がない
永遠に婚礼の仮着をつけて
〈きょう〉をめぐる

純粋な死よ
木々の葉うらを灼く同じ日差しが
先取されたあなたの死を焼くように
日はあなたを土に返し
言葉はあなたを星の高さに置くであろう

＊

大洪水のあと
星はあなたの胸に落ちた
あなたは失われた弁明の大きさに
躓き　私は私で泥の中に

太陽を獲るためかがみこんでいた
だから　いまも私の手は
鎌のようにやさしく曲っている
日にうたれて
六月の井戸をめぐる真昼の葬列よ
その輪をといて赦せ
死んだ花嫁を返せ

婚姻・Ⅳ

そのとき　ひとは
手に石をもち獅子の眼を打つ
地をけり葡萄の枝を打つ
白鳥の羽を打つ
呪われた王たちの杖を投げて
群をはぐれた山羊の額に
火の十字架を焼きつけるだろう
娘たち
美しい娘たちよ

そのとき　ひとは
夕焼けを背に石の階段をかけのぼる
ほろびた岸辺の幻覚に立って
立つことの不安に走りだす
夜と昼とが共有する円形の闘技場
流血にどよめく歓声の器
なおも卑劣な舌をいつわるものは何か
娘たち
美しい娘たちよ

そのとき　ひとは
すでに焼かれた麦の束　盲目の蛇
石柱に飾られた勇士の首

逃げる水　繊毛に蔽われた水蜜桃
すべて擬態として投げだされた甘美なもの
時空のやさしい餌であればいい
小鳥の心臓とともに
あらたな恐怖をはらんで崩れる娘たち
夜の美しい娘たちよ

婚姻・V

*

一本の樹をたおすには
獅子の咆哮と千トンのやさしさが必要だ
その吼声が夜の静寂を支配し
どこかで　制圧された恐怖が叫びとなって燃えあがる
とき

男は樹を抱いて地上にあるのだ
傷ついた肩からむなしい勝利の退潮が聞こえる
夜明けは遠く
たおされた樹木のしげみから闇にむかって
盲目の小鳥がとびたつ

*

もう語ることはない
すべての言葉は語るまえに語りつくされ
名あるものの名前は呼びだされて
あなたのまえに死滅している
星は物置の隅に　風は
火を呼ぶこともなく肉とともに腐り
何ひとつ偉大なものはない
闇の本質に先だつ恐怖の叫びさえ
あなたの沈黙と正しくあらそうことができない
樹のうえには樹を倒し　村のうえには村を

麦畑のうえには麦畑を
そして幻影のうえにはさらに大きな
焼けただれた幻影をひろげ
私はとぶ

＊

日は帰るはずもないのに
死者たちの庭の沈黙のうちには
快癒の時がある
栗の花の匂いにつつまれて
あらたな死へとよみがえる太陽の種子
女の鳴き声が追放された地平線のむこうから
ひとすじの光を紡ぎだす

だがそれもまた一回かぎりだ
焼跡から掘りおこされた絶望の汗　鉛の腕
男は半ば埋もれている　その顔のしたに

女はさらにふかく埋もれていて
両股から接吻が涎のように流れだし
あなたの土地を汚している

＊

おまえは闇の中の悲鳴だ
成熟のときを待たずに投げだされた無防備の欲望
無名の水溜り　わらのしたの接吻
おまえはいまも川岸のように削られていて
すでに正午から遠く隔たっている
遠く　何ものよりも遠くおまえは
おまえの死よりも遠い部屋の中で
叢のようにひろがる渇望に溺れている
だが　火の中ではおまえは自由だ
ゴムのようにのびたり縮んだりして
夜のふかさを測る
樹々の葉うらにきのうの太陽を捜す

蛇の舌にあざむかれて
おまえの希望が象皮のように干あがったにしても
おまえがふたたび死ぬことはないだろう
蜜蜂の羽音が金色の闇を一層暗くする
長くはてしない盲目の空のしたで
種まくのはこの地上ではない
幻影を耕すのがおまえの唯一の労働だ

＊

誰があすの夜明けに署名するのか
死者たちをのぞいては

夜が去り　そして
ひきつづき同じ夜がやってくる
離ればなれになったひと
逃げるひと　行って帰らぬひと
見知らぬすべてのひとびとを地に敷き
蚕のようにならべ数えるため
また別の夜がくる
だが血は葡萄酒のように他人の喉を流れて
腐ることはないだろう
便秘した夜には出口がなく
ねむりのふちに立つ見張人の背後から
朝はもう来ない

村のノート・I

＊

もう久しく村には夜明けがなかった。村は未明の発端でくりかえし消滅していたので、村を出ていくものも村に帰ろうとするものも村の存在を信じることができなかった。だがそんな村にも正午だけはあった。枇杷の木のしげみをつらぬく昼の光、それは信じていいことだ。

夕暮の消滅
朝焼けのおびただしい消滅
すべての発端に先だち
消滅する消滅の発端

（その発端ですでに消滅していた私のいのちに、どうしてあなたの胎の暗さを思うことができるか。）

村は谷間にそって病菌のように山のふところにひろがっている。いや、あのように怯えて星の光がいっせいに慄えているのは、この暗い夜空のどこかで、いまもたえずたくさんの村が生れでようとして、その発端に先だち消滅しているからではないか。暁方の燈火のように、地に墜ちて滅びようとしているのではないか。

焔のように
空をしたって空にのぼろうとする
地にあっては木の実を焼き
ひびきあう村の慣習
川のようにひくく曲り失っていく日々
かたく黙して語らぬ肉よ

すでにして苦しく
熱烈にあすをとりまく明白な死よ

＊

母が死んだ。あらゆる苦痛に先だって村は滅びていた。その滅びた土手にそって、葬列は乱れがちだった。

いまでも、村はずれの窪地があなたの足跡だと云うものがいる。そこから、あなたはためらいもなく闇の中へ消えていったのか。光が柔毛のようにわずかに密生していて、死者たちのうちの誰もそこではやすらかに眠ることができない。

夜になると、闇がはげしく渦まき、窪地を埋めようとして見えない光とあらそう音がする。その音は風のように村のうえを吹きぬける。だから逆に、夜は村人が死者のように目覚めていなければならない。目覚めていて、あなたとあらそわねばならない。

あなたは帰ってくるだろうか。窪地がたしかにあなたの足跡であるとして、あなたはいつかそのうえに帰ってくるだろうか。すべての死者たちと村人の眠りをみたすために。

村は、そのときあなたの足によって踏みつぶされることの期待のうちに〈きょう〉を慄え、その消滅を飾るために日々のよろこびを蓄えているのだ。

村のノート・II

サマリヤの女が荒野に水を汲みに来た。井戸の傍に痩せた男がいて、女に「水をくれ」と云った。正午だった。日は真上にあって、男は縄のように渇いていた。女は甕に水を満たし、飢えた男の肉を癒した。男が黙って立ち去ったとき、女は自分の胃袋が持ち去られて男の手のなかにあるのを感じた。

それ以来、井戸は涸れ、再び湧きでることはなかった。村人は女の不倫をとがめ、その井戸に女を埋めた。やがて、その村のすべての男たち、女たち、さらに子供や羊までもが死に、村が絶えたのは云うまでもない。

サマリヤの女が荒野に水を汲みに来た。井戸の端に見知らぬ男が倒れていた。正午だった。日は真上にあって、男の影はどこにもなかった。女は甕に水を満たし男の唇にあてがったが、水は頬をつたい砂地を潤すばかりだった。男はすでに死んでいた。それでも女はくりかえし甕に水を満たし、男の唇にあてがった。ついに甕が割れた。女はこめかみのあたりで砂地を逃げる水の音を聞いた。

　井戸はすっかり涸れていた。

　村人が来て、その井戸に女と男の死体を埋めた。勿論、涸れた井戸から再び水が湧くことはなかった。やがて、その村のすべての男たち、女たち、さらに子供や羊までもが死に、村が絶えたのは云うまでもない。

　サマリヤの女が荒野に水を汲みに来た。正午だった。日は真上にあって、井戸の底を鏡のように照らしていた。女が井戸のうえにかがみこむと、日は女の体で遮られ、その井戸のはるかな底の水面に暗い夜空の星が浮びあがった。女は水面から星のひかりが消えるのを怖れ、その広い背中で真昼の太陽とあらそった。汗が全身を流れた。星は一層青白く冴えて来た。もう身動きひとつできない。ついに女は、一枚の粘板岩となって井戸を塞いだ。永遠に、暗い夜空のざわめきを所有しようとして。

　こうして荒野の井戸は閉ざされた。村人の誰も再びこの井戸を開くことはできなかった。やがて、その村のすべての男たち、女たち、さらに子供や羊までもが死に、村が絶えたのは云うまでもない。

　サマリヤの女が荒野に水を汲みに来た。男がやって来て、女に「水をくれ」と云った。女は答えて云った。「私はこの土地の女で、この井戸はこの土地のもの、私たちの父ヤコブ自身も呑み、その子らも家畜もこの井戸から水を呑みました。この井戸には村を養うに足るだけの水しか湧きません。もし、私がいま見知らぬあなたに水をあげれば、今夜村で私と血を分けた兄妹のひとりがあなたに代って死ぬでしょう」と。男が立ち去ったあと、女が水を汲もうとすると、井戸はすっかり涸れていた。正午だった。真昼の太陽はゆっくりと女の喉を灼いた。

　村人は夜になって、日が通りすぎていったあとの女の体をその井戸に埋めた。やがて、その村のすべての男たち、女たち、さらに子供や羊までもが死に、村が絶えたのは云うまでもない。


　サマリヤの女が荒野に水を汲みに来た。正午だった。日は真上にあって、女とともに動いた。水を汲もうとして、女は甕を井戸に降したが、水の音は聞えなかった。女は甕を割った。その破片で手を傷つけ、みずからの血を井戸に注いだ。だが、再び水が湧くことはなかった。

　村人が来て、女の死体をその井戸に埋めた。やがて、その村のすべての男たち、女たち、さらに子供や羊までもが死に、村が絶えたのは云うまでもない。

詩集『野いちご』（一九七九年五月一〇日　鉱脈社刊）

早春

「とんでちょうだい」

少女が少年に云った。少年はじっとうつむいたまま動かなかった。透明な水の流れが、春さきのやわらかい日差しをあびて、ネコヤナギの根もとをあらっている。

水の照りかえしが一瞬少年の顔をあかるくした。

「よし、ぼくが合図するまで向うをむいているんだ。」

少女が山にむかって両手で眼をふさぐと、少年は二、三歩あとしざってえいっと小川をとびこえた。そのとき、白い靴が片方ぬけて水に浮んだ。

「軍艦だ。」

少年が叫んだ。靴ひもの両端が二門の大砲のように空を狙っている。少女が結び目をスミレの花で飾った。

軍艦をはさんで、ふたりは小川の両岸を走った。先に追いこしては立ちどまり、流れのうえに両手をさしのべてアーチをかたちづくった。白い軍艦が凱旋門をくぐると歓声をあげてまた走った。

いつのまにか、流れはふたりの足より速くなった。そして、しだいに川はばをひろげていった。別々の川岸にあって軍艦を追いながら、ふたつの心臓はいまにも爆発しそうだった。とつぜん、少女が大声で泣きだした。泣き声は真赤な夕焼けのように野ずえのはてまでひろがった。少年は少女の名前を呼びつづけた。少女は少年の呼び声を聞くたびにはげしく咳きあげた。こうして、ふたりはひろがっていく川の流れにへだてられていった。ついには、その泣き声さえも聞こえなくなるまで——。

つゆ

○

雨が小魚のように白い腹をひるがえしてふる原っぱのすみで、背中に洋傘を結びつけた少年がひとり、両手いっぱい泥をはねて、ふかいとてつもなくふかい穴をほっていました。ポケットから赤い風船をとりだすと、胸のおくに泡立つなにやらのお祈りを吹きこんで、ていねいに埋めました。

〈オヒサマノ　タネオウエテアリマス。〉

やわらかい地面に棒くいで呪文を書きつけると、少年はカンナの咲く石塀のむこうへ消えていきました。

○

つぎの日、お日様の種子から一本のヒマワリが芽を出しました。ヒマワリはみるみるうちに成長して、大きな一輪の花をつけました。くる日もくる日も、ヒマワリの花はレーダーのように雨雲のむこうの太陽を追い求めました。そして、そのはげしい思いによって、花びらは一枚一枚燃えおちていきました。

ヒマワリの花びらがすっかり燃えつきた日、少年はエキリで死にました。山の小径をのぼる小さな白い棺のうえに、真夏の太陽がかっと照りつけていました。

アリ

夏も終りにちかいある日、ぼくは庭先で金色のほそい紐を見つけました。拾おうとすると、灰のようにこぼれてしまいました。それは、一列に連なったアリの焼死体でした。どうしてアリが行列ごと焼け死んだのか、むろんぼくには見当もつきませんでした。

あくる朝、こんどは奇妙なアリの行列に出会いました。一ぴき一ぴきのアリが頭上につゆ玉をのせていました。その一つ一つのつゆ玉の中には、一つづつ小さな太陽のかけらが封じこまれているのでした。行列はみどりの葉かげを、真珠の鎖のように移動していました。列の一端はすでに巣の中に消えていましたが、一方のはしではまだ忙しそうにそこらじゅうの草の葉から、せっせとつゆ玉を集めていました。忙しいはずです。この仕事は、文字通りつゆのとけぬ間にすまさねば危険なのです。きのうぼくの見たアリの死体は、運搬の途中でつゆ玉が蒸発し、頭上の太陽の下敷きになって、一瞬のうちに焼け死んだものでした。

きびしい冬の生活にそなえて、アリは夏のあいだ食糧だけではなく太陽を蓄えるという話を聞いたことがありましたが、本当だったのでしょうか。毎年夏になると、ぼくは朝はやく庭先に出てみるのですが、あれ以来、太陽を運ぶアリの行列に出会うことはできませんでした。

魔王

乗客はながいこと、村はずれの墓地のかたわらで待たされていた。寒い夜だった。街から四キロメートルほどはなれた村への最終バスが、ここまできて故障したのだった。乗客のほとんどがあきらめて帰りはじめた。

「帰ろうよ。」

なんど目かのぼくのさいそくに、父はようやく墓のふち石から腰をあげた。北風がよこなぐりに吹きつけてきた。ぼくは父のマントにくるまって歩いた。ときおり、風に吹きおとされた星屑が足もとに集まり、小さなうずをつくって舞った。星のかけらに足をとられると、父はだまってぼくを腰の高さまでひきあげた。

どれくらい歩いたか分らなかった。寒さと空腹で、ぼくは土管のようにかたくなっていた。村の遠い灯まで、とてもたどりつけそうには思えなかった。ほんとうにあの灯のそばに、あたたかいご馳走や母が待っているのだろうか。父とぼくは氷のようにとがった山の嶺から嶺をめぐり、いつのまにか夜空にさまよいでているのだった。

とつぜんはげしい風が吹き、黒い塊りがぼくの心臓を吹きぬけた。

「こわいよ。」

「ばか、ただの木の葉だ。」

父ははじめて声を出した。だが黒い塊りは巨きな眼のようにふくれあがり、あっという間にぼくを呑みこんだ。一瞬、ぼくは重心をうしなった。体がひとりでに水平になったので、両手と両足をぴんとのばすと、まっすぐに暗い星間宇宙を飛びはじめた。光の矢のように。

詩集『方法』（一九八二年八月一〇日　レアリテの会刊・レアリテ叢書 10）

I

樽

いまや別の主題をさがさねばならない。
もっと死滅的な。
（ジュール・ラフォルグ）

金花虫は葉うらに蒸着して発疹のようだ
いま生きものの姿はどこにあるのか
なにひとつ動くもののない夕暮の
うすい日差しのなかで
私は永久に奪われていた
私はあらゆる限界を失っていた
完全な均衡が完全な均質へと移行する
〈崩れゆく春とともに
　死すべきものは幸福だ〉
Photodegradable　bodies
あなたはすべてに無関心だから

*

庭はつぶれていた
枝という枝は花咲く時を遅延させていた
一本の木のこずえと根の繊毛は同じ広さだけひろがり
少年の日の精緻な夢のように乱れて
空と地を所有しようとする
物置の陰の光のとどかぬ窪みには
アカハラヤモリが土塊のように眠り

*

わずかに彎曲した胴は光の無謬性を斥けている
あなた自身誤謬の総和として
空地の隅に
白い菌株の無限定の夢をしいて横たわる自在さ

しずかな空樽のうちの
暗い空無の充実よ
あなたは〈名辞矛盾〉だ
あなたはもろもろの名辞に対する嗟嘆だ
花といえばハナスオウ
グミ　ユスラウメ
ヤマモモの実
土塀につらなるジグモのごとき
庭の実体詞たち
あるいはあなたの内部の庭の魔性
これら想い起すことのできる一つ一つであり
同時にあなたは
追憶の言葉の不可能性の彼方の
他のすべてでもあるのか

所有の拒絶の所有のはてで
いぜんあなたは手足も首もなく
崩壊の途上にある〈開け〉の場だった
すべての生誕と死滅に先だつ前庭
時間のない空間
樽よ
私は唯一のその出口を密栓する
だが夕映えのように巨大な尻がなくて
どうしてあなたは次の時代へと私をつなぐのか

野いちご

ある午後　兄の鉱物標本から
ひそかに盗みだした閃亜鉛鉱の暗い結晶格子のなかで
私の欲情は根のように肥大していた

少女はぼくのものだ
というおもいが私の最初の断念だった
落雷をおそれて野に捨てられた一本のヘアーピン

そのかたく屈曲した膝間に
精子のごとく集中する
過剰な雷雨と稲妻よ

少女は走った
位置は実在ではなく移動する観念だった
むしろそれはアプローチだった
走りながら　自分に近づくための
樹木や枝や葉や繊維素や
何の慰藉もなくひらいている花
小川の岸辺の野いちごの赤い実こそは
おまえの願い
おまえの速度ではなかったか
虚実のあいだを一瞬通過した光が何であったにせよ
おまえは無実であった
すでに硬直した四肢の軽薄な皮膚のうえの
唯一の静電感情は中和されて
おまえはもとの「普遍的局所場」に
かえっていた
どんな言葉も方法も
おまえを完全に記述できない
少女よ　だからおまえは
もう誰のものにもなれないのだ

たんぽぽ

一粒の種子が自己否定により発芽し、一輪の花が自己否定により結実する。
「種の弁証法」

どんな夕ぐれの静寂も　おまえを
いつまでも地上にとどめておくことはできぬ
冠毛はすでに遠く
ほとんど無よりも軽かった
否定の否定の　さらに
はげしい自己否定のはてで

おまえはみずからの弁証法を超出し
生まれでるものを軽蔑した
もうおまえは種子でもなければ花でもない
あらゆる譬喩から還元されて
私の感性網状組織に浮ぶ
白い冠毛よ
おまえは私か
おまえはおまえか

たんぽぽよ
実在の無根拠性よ

キャッチボール

きみの胸にボールを投げる
きみがそれをぼくの胸に投げかえす
そしてまたぼくが投げ
きみが投げる
終ることのない反復の一球ごとに
青い空を忘れる
白い雲を忘れる
きみを忘れる
ぼくを忘れる
より速くより正確に　ボールは
きみからぼく　ぼくからきみへとわたり
一本の棒のごとき剛体となって
ふたつの心臓を直結しなければならない
だが一瞬ぼくの送球が遠くそれる
きみの背後の夕ぐれの片隅にころがって
返ってこない　永遠に
バイバイ
グッドバイ

生活

生活の中心に一個の星を置く
皿の中央に一個のリンゴを置くように
星を見ることは生活ではない
リンゴを見ることも生活ではない

星の美しさは私を乱雑にする
リンゴの美しさも私を乱雑にする

星も乱雑　リンゴも乱雑であるとすれば
私の生活は中心のない一枚の皿

スプーン

正しき時に死ね。（ニーチェ）

ベッドの上から、あなたは夕日にスプーンを投げつける。そして、すぐにそれを取ってくれという。欲しいのはアイスクリームかスプーンか。すでに舌のうえにアイスクリームはなく、溶け去ったばかりの糖質の甘さを反復しようとして、「スプーンを取ってくれ」とあなたはくりかえす。言葉の粗略さに驚きながら。

あなたにとって、スプーンが欲しいのは糖質の溶解速度に逆らうことであり、同時に無数の細胞で明滅し、光速で神経を迷走する苦痛のごとき全追憶を想い起すことか。

溶解するアイスクリームの糖質の冷たさ
夕空のスプーンの硬い金属の冷たさ
磨滅した星々のきらめきの冷たさ

春の岸辺のスミレの花の冷たさ
少年の日　駈けあがった裏山の
暗い小径の冷たさ

　いまスプーンが手許になければ、それら個々の冷たさを束ね、あなたをあなたたらしめている持続と断念のすべてが散逸して、あなたを放棄しようとするのか。

　——兄さん、ではベッドのうえに、いまもあなたの呻吟を獣のごとく繋いでいる肉塊は何ですか。

消しゴム

雨の日曜日。

　ぼくは窓ガラスの汚れを拭く。花粉のようにも虫のようにも見えたが、消してしまうほかはなかった。

　「気体のように透明な」、それがぼくの願いだったから。

　虫にとって、危機は準備されたものとはいえないが、偶然でもなかった。決定とも非決定ともつかぬ意識の過度の集中がふいに揺らぐとき、過去のようにどっとあふれてくるのだ。そんな錯誤といっしょに消されて、虫は音符になる。見えないひとつの質点、リズムになる。

　「非連続の跳躍」と物理学者。

　「あれかこれか」と哲学者。

　「でたらめさ」と詩人。

　消すことによってのみ書かれる詩人の言葉は、むろん実在とはいえない。言葉《ロゴス》であることが即ち理《ロゴス》を否定する。意味の痕跡を注意ぶかく消去して、はじめて気体になる。

　そのように窓の外のコスモスの花を消し、花に集まる無数の虫を消し、虫と花粉を無作為に散乱させる秋の颪を消し、窓の内側のぼくを消す。

——もはやなにひとつ消すべき錯誤がなくても、なお消すことを断念できなかった少年の日。

——消しながら、ついにはみずからも磨滅して消えていった買ったばかりの真新しい一個の消しゴム。

物質

1

一本の木があり、木という言葉がある。そして、「木は木である」という。

一見自明のこの言明は、しかし木の可能性の否定のうえに成立してはいないか。木は水であり、木は虫であることもできたはずだ。実際、「木はコップである」といっても、その論理的整合性は損なわれない。にもかかわらず、「木は木である」という。こうして、一本の木は言葉の総称的概念のなかに倒れこみ消滅する。

この言葉の総称的概念から、逆に個別的実在に立ちかえることはできないか。木から木へ、リンゴからリンゴへ、蜜蜂から一匹の蜜蜂へと。それによって、はじめて言葉みずからが木をその存在のレアリティにおいて経験する。颪はきっとそのように木を通過するのではないか。

2

幼年時代は主語的世界に包まれている。花は花、木は木であると同時に、花は木、木は花でもある。事実、花という花に何とさまざまな言葉を投げこんできたことか。

もし花が暗箱のごときただの容器でしかないなら、言葉はその暗黒を切り裂く一筋の光の轍。だから、母よ。あなたを貫通した激情が私であれば、かく在りかく消滅する私はあなたの主語でなくて何であるか。

巣

1

全く「ある」か全く「あらぬ」かどちらかでなければならないと、パルメニデスはいう。「ある」ものは完全にして揺がず、一挙にすべていまあるという。水はいたるところでくりかえし水であり、完全にして揺らぐことがない。コップ一杯の水、一滴の泪において、水はたちまちみずからの限界まで均質一様にひろがり、分つことができず、全体がいま水であることに満ち満ちてある。

「あらぬ」ものがあるということは不可能であると、パルメニデスはいう。「あらぬ」ものから何かが生じてくるなどとは、けっして許すことができないという。だが巣は野のいたるところに隠れてあり、不完全な曲率のなかに「あらぬ」を囲っている。一匹の野ネズミ、一羽の小鳥に対しても、巣はみずからの限界まで空虚であり、閉じることができず、全体がいま欠如してある。

2

「巣があった」と少年が叫ぶ。両手のなかで、巣は遠くの星のように明滅している。

たぶん、犯されることが唯一のはじまりでなければならない。「あらぬ」から何かが生じ、欠如が明確に外化するには、少年の乱暴な眼差しが必要である。語るという欲求は苦痛であり、ロゴスは不能である。完全な眠りと完全な意識だけが混合と分離をくりかえしている場所、譬喩をとおしてしか接近できないあなたの「開け」へ、少年は稲妻となって投身する。

母よ、あなたはとどまることができない。光は一瞬も静止できないから。たとえ、生まれでるものへの愛を基本的に欠いているにしても、いまあなたはまたしても一滴の泪、少年の複製ですみずみまで満たされてある。

方法

少年の頃、レンブラントの銅版画「三本の樹」を見た。画面の左上隅にはげしい光の驟雨があり、樹ははじめての日のように立ちさわいでいた。それは樹というより、発端と終末を同時に内包したひとつの出来事だった。

いつ始まりいつ終るのか、誰も樹の始まりと樹の終りを知らない。樹はたえず始まり、たえず終っていた。この始まりと終りのわずかな重なりの間だけ、樹は在り、あたかも在りつづけるかのようであった。だが一瞬樹は消滅し、次の瞬間再び隅々まで樹であった。

三本の樹は見る者とは別の時を生きていた。その見かけの生の持続はたえざる中断と再生の不連続のなかにあって、なお樹であることの保証はなかった。突然、樹はただの暗闇となり、細部は輪郭を拒否した。暗闇のふちだけが明るくほとばしっていた。ほとばしり、あらゆる方向に拡散していた。もはや外部と内部を距てるものはなく、となりあった明暗は無作為に入りまじっていた。樹を形どる時の微粒子が、時の不可逆性に逆らって反復されていた。

樹の固有時は見る者とは無縁である。日が昇り日が沈み一日が大地をめぐっても、それが樹のいかなる時を示すか分らない。樹が始まり樹が終る。そのわずかの間の樹の充実、樹が終り樹が始まる、そのわずかの間の樹の空虚、この不断の出来事と交接するには、少年は画家のペン先のように慄えていればよかった。

Ⅱ

方法・62

1

小鳥がとぶ。小鳥は空を自由にとんでいるように見える。だが、小鳥は曲がった空間ではそのへりにそって、よじれた空間ではその苦悩にそってとんでいる。

2

風が吹く。一枚の枯葉が天高く舞いあがる。旋律からはぐれたピアノの音のように。ついに枯葉が一羽の小鳥になって自力でとぶことができても、もとの枝にもどれる保証はない。

3

「人は叙述の仕方にあてはまる物事だけを陳述する。」と論理学者はいう。実際には、すべての出来事が叙述の仕方にしたがってしか現われない。

4

水中の花粉の運動は正確に記述できないが、だからといって花粉の運動があいまいであるとはいえないと主張する者に対し、花粉は水の分子の衝突によって動き、分子の運動は本質的に不規則であるといっても答えにならない。正確とかあいまいという言葉の吟味が必要であるが、さしあたりいえることは、それでもやはり花粉の動きの観測可能性は、叙述の仕方の可能性に依存しているということである。

5　では叙述の仕方は何に依存しているか。AがBでありBがCであれば、CがAであるのが自明であるのはなぜか。右の統辞法を是とする論理は何に依存しているか。犬は必ずしもそのような論理をたどって、もとの場所にもどるとはかぎらない。

6　犬と散歩する。犬が地面を嗅ぎまわる。私にとって感知不能などんな出来事が、犬を導いているのか。

7　出来事はひとつで、さまざまな観測手段に応じて異なった現われ方をする、というのは間違っている。観測手段に応じて、その数だけ異なった出来事が起っている。

8　「群盲象をなでる」という譬えがある。譬えの意味はいうまでもないが、盲人にとって象は縄のごときものであったり、大木のごときものである。問題は、象は縄のごときものではないという見解である。目あきに見える象の全体像と盲人の手にふれる象の縄のごとき全体像とは、どちらも真の象というしかない。象は観測者と独立して存在するわけではない。象自体の感覚機能を含めて一切の観測手段が存在しなかったら、即ち像も存在しない。

9　たとえば、視力は見る意志と見られようと欲する出来事との相互作用により生じたという。そうであれば、ミミズが目を持たないのは、光の不在によるかミミズの怠惰によるか、どちらかである。

10　三人の盲人が色の異なる同一形状のブロックで壁を築いた。この作業によって形成された壁の図柄には、いかなる論理的関係もない。だが、それを見て目あきの私が美しいと感じるとしたら、美と出来事のあいだにどんな関係があるか。

11　生理が唯一の方法であり、音と音楽のちがいは、その間に人間の肉体が介在しているということである、とそう簡単にいってしまいたいのだが。

12　クラウジウスは、外界とのエネルギーのやりとりが全くなくなった状態を、その系の「熱的な死」と呼んでいる。私の熱的な死は私の死よりも遅れてくるはずである。とすると、私の死から私の熱的な死までの間、私はどこにいるのか。系が無限大に拡大すれば私の熱的な死は永遠にひき延ばされ、きわめてわずかな確率ではあるが、時は復活する可能性を秘めている。私は完全な死を望む。

13　心臓が止まってから、あなたは途方にくれた。
——兄に。

14　少年の日、裏山の梅の木の枝先に運動靴を洗って干したままにしておいたのを、いま思い出した。だから、あの日の少年といまの私が同一人といえるか。運動靴を干したのは兄であり、私はそれを見ていただけかもしれない。一体、靴をとりこまなければならなかったのは兄なのか私なのか。靴は誰のもので干したのは誰であったかということと、とりこむのを忘れた少年と、また、その少年といまの私をつなぐ一個の感覚複合体の継続性、統一性、唯一性が迷妄であるとすれば、「私」などという一人称は、梅の木の枝先にとり残された運動靴よりも不確かというほかはない。

15　兄の死体のかたわらで一晩中私が考えていたことは、棺にドライアイスを入れておくべきかどうかであった。八月の下旬といってもまだ暑かったし、事情があって死体を百キロメートル余り遠方の街まで運ばねばならなかった。腐敗をおそれるつもりはないが、その匂いを嗅いでも、いぜん運動靴が兄のものか私のものか区別できそうになかったからである。

16　植物が美しい花をつけるのは種の保存則による、と進化論者はいう。虫媒花は虫の美意識に、鳥媒花は鳥の美意識におもねって咲く。とすると、蝶を呼ぶ花は蝶の美意識の写像となる。それをヒトが美しいと思うのは、たぶん蝶とヒトとの生理のアナロジーによる。

17　では水媒花は　風媒花はどうか。ミズハコベは水の美意識にそって咲き、キツネガヤやエノコログサは風の美意識に応えて咲くのか。それらの小さな花々を美しいと思う私と水の、私と風のアナロジーとは何か。

18　「おそらくは花の中で最初に試みられた視覚があった」と、ルドンは一輪の花を描いた。視覚がつまるところ感光能力であり、映像が光をよぎる影にすぎないとすれば、皮膚もまた視覚を持つ。あなたの肉におちる一片の雲、透明な虫、あるいは葉、あるいは小枝、あるいは昼夜を分つ明暗。

19　兄の死体の重さは、生涯にわたって折り重なった影の重さである。少なくとも翌朝最初の光がそれらの影をも消し去るまでは。

20　「生命はエントロピーの勝利に対する抵抗である」というサン＝テグジュペリの言葉にしたがえば、葬儀屋が約束の時間を三十分も過ぎてなお現われないのは、エントロピーの増大過程が時間を意味するかぎり、時間の経過に対立しており、生の証しということになる。

21　風の位置、風の速度、風の立場。木の位置、木の速度、木の立場。

22　風の位置と風の速度、木の位置と木の速度が一瞬交合し、木はゆらいで風に、風はゆらいで木に形を与える。だがそれによって風の立場と木の立場が明確になるわけではない。

23　もし瞬間がつねに始まりであり持続を拒否するものであれば、木も風も瞬間毎に決意し噴出し爆発する。木の立場とは木でありつづけること、風の立場とは風でありつづけることを意味しない。「立場」とは瞬間と次の瞬間のあいだで引き裂かれた自由意志であり、「ゆらぎ」とは風の立場と木の立場の交叉、置換、決裂等々……。

24　バラ石英。敗戦の夏、中学生であった兄の鉱物標本を盗み見して知った秘密。

25　バラ石英の薄紅色は含有するマンガン不純物によると、そのとき兄は説明してくれたが、今になって考えると、堅固な少年の肉体にさした初めての不安の影に見えてくる。

26　諸々の記憶や想い出をよせ集めること、今のうちに集めて棺に入れ、兄とともに焼却すること。

27　赤いダリヤ。あなたの好きな――。

28　「赤いものは破壊することができる。しかし赤さは破壊することができない。それゆえ赤いという語の意味は、赤い物体の存在に依存していない。」という言明に対して、確かに赤という色が踏みにじられたり、引き裂かれたりするというのは意味がないが、「赤さが消滅するといわないだろうか」と、ヴィットゲンシュタインは反問している。その色をもはや想い出すことができず、その名を持つものがどの色なのか忘れてしまったときに、その名は意味を失うという。してみれば、赤いダリヤを焼却し破壊することは可能であるが、ダリヤの赤さに関する諸々の記憶や想い出を焼却し破壊することは可能であろうか。赤さが消滅するように、それら諸々の記憶や出来事が消滅して、何であるかを忘れてしまったとき、そのとき初めて兄の名も意味を失い、もはやそれを用いていかなる有意の言明もできなくなるのだろうか。

29　「赤いという語が赤い物体の存在に依存していない」ように、兄の名前が兄の死体と無関係であるという二元論は、それでも私を混乱させる。死体焼却後、なおその名前や記憶が消滅せず有意であったにしても。

30　今では、バラ石英の方があなたの名前にふさわしい。

31　軽四輪トラックを改造した霊柩車の荷台でゆれる棺のふたに、一匹の蠅がとまろうとして払っても払っても逃げださないのは、エントロピーの増大に対する抵抗を放棄したあなたの腐臭を嗅ぎつけたからに相違ない。棺にはやはりドライアイスを入れておくべきであった。

32　a biodegradable body. 腐敗。

33　ゾシマ長老の死体から腐臭がただよいはじめたのは、「聖者の死体は腐敗しない」という正教の伝統にさからっただけではない。「かりにあの匂いがどんな人間にも見られるような自然なものであったにしても、匂いがするようになるのはもっとあとのことで、あんなに早く外に現われるものではなく、少なくとも一昼夜ぐらいたたなければならない」のである。

34　「これは自然にすら先んじているのではないか」

ということであり、そうであれば「神の意志でなければならない」ということになる。

35　兄の棺から離れない一匹の蠅。いまあなたを認知可能な唯一の感覚器官。

36　「物質は場の特異点でしかない」という物理学者の言にしたがえば、その特異点としてこれまであなたの唯一性を保持してきた皮膚はやぶれ、肉は崩壊し、魂は飛散して蠅の嗅覚を攻撃しはじめたのは、遅すぎもしなければ早すぎもしない。

37　間違っていたのは、棺にドライアイスを入れるのを拒否した葬儀屋であり、八月の太陽ではない。

38　八月の太陽ではないが、もし感覚が伝える情報のみが真実であるなら、あなたの唯一性はいま蠅のものであり、そうでないなら私のものである。

39　だがもしあなたの唯一性が私の記憶の中にしかないとすると、運転台に注ぐ八月の光の無謬性は誤りであり、荷台の棺の中で「魂であるよりは塊りである」かのようにゴトゴトと揺れているあなたは何か。

40　リズム。不機嫌の散逸。

41　「アサガオの種子は冷蔵庫に保管するとよい」と聞いてきた妻は、早速色つきのパラフィン紙を買ってきて、赤い花の種子は赤い紙に、青い花の種子は青い紙に包んで、冷蔵庫にしまった。

42　種子は眠ってはいるが死んではいない。冷蔵庫による脱水はアサガオの種子を殺してしまう。種子の包みはガラス瓶に入れて密封しては、と私は提案したが、もしそんなことをすれば今度は呼吸ができなくて死んでしまう、と妻は反駁する。

43 瓶に孔をあければ脱水し、密封すれば窒息する。アサガオの種子を冷蔵庫に保管するという単純な思いつきが、どうしてこんな問題をひき起すのか。間違いは、低温を維持するための冷凍システムが脱水作用を伴うという技術にあるのか、それとも「眠りと死」の差異を明示できない言葉にあるのか。

44 眠っている種子の記憶か死んでいる種子の記憶かは別にして、ある夏の朝、赤いパラフィン紙に包んだ種子からは赤いアサガオが、青いパラフィン紙の種子からは青いアサガオが咲く。

45 そして、庭先の木製のテーブルの表面に朝の光が反射する。局限化された場であるテーブル、局限化された時である光の反射、一羽のスズメが飛来してこの白い瞬時に陥没する。風が瞬時を吹きはらうと、次の瞬時がテーブルの表面を更新する。孤立した二つの瞬時を隔てる無量の空虚を、スズメはひょいと跳びこえる。

46 持続とは絶えざる更新であり、新しさだけが持続にとって本質的なことであるなら、スズメは跳躍のつど再生されている。跳躍の前後における形態同一性は偶然の統計的保存原理によっており、跳躍の頂点での死滅は、例えば空にとり残された羽ばたき、さえずり……。

47 遠い日、二人でひび焼きのタイルを眺めていたことがある。夕焼け雲であったかもしれない。その繊維のごとき細い亀裂の展延、屈曲、交絡を、兄は「折り重なった花びらのようだ」といったが、私には二匹の動物が交尾しているように見えたので黙っていた。

48　そんなふうに、一人の少女を二人で愛した。

49　あなたが「花の高貴さ」と考えたことが、「花の官能性」であったにしても、それは花の不始末ではない。

50　実際、タイルの亀裂から何が浮きだして見えるかは、見る者の視覚より観念に依存している。観念を生理的規範と言いかえれば、この規範こそ真の内在性ではないか。

51　ブリス・パランは「木は内在性そのものである」という。根も幹も枝も葉も芽も内在性である。だが「もし人が肥料をやったら、その養分は木にとって内在的ではない」とも。

52　「匂いにはそれぞれ固有の形があり、三角形の匂いを感知するには、それを通す三角形の細い通路が必要である」とギリシャ人は考えていたが、してみると犬と蝿、蝿と私の基本的差異は、細い通路の形と大きさに還元できる。匂いの形状そのものより、その形との適合性の方がより実在に近いとすると、いまのあなたは単に私の内在性にすぎないのか。

53　エンドウにはエンドウの、蛙には蛙の内在性がある。だがそれを遺伝情報だと極言すると、内在性とは追憶でしかない。水中にたまたま発生したコアセルヴェート滴、あのシャボン玉のように薄い油膜に囲みとられた最初の内部と、その外部との溶液濃度差にもとづく渇望ということになる。

54　そうだ。内在性とは渇望である。膜の内から膜の外への。よそから来るもの、異物への。欠乏への。たとえば、裸の椅子、雨の殴打、赤いダリヤの完全さ、無辜性、そしてそれから。

55　では、膜の内と外の溶液濃度差は何の渇望によるのか。「無機物の特性は無関心さにある」と化学者はいうが、渇望を生みだすための渇望が必要であるとすると、無機物もまた二重の内在性にひき裂かれており、一見厳格な結晶格子も変化の予感にふるえている。磁性酸化鉄の微細粒子が、そうありつづけようとする願いと蛙になろうとする願いとのあいだで。

56　あの日、病院のクーラーが故障して、そのうえ日曜日と重なり修理ができなかったのは、衰弱したあなたにとって不運だったといえばいえるが、見方によってはあなたの内在性の延長ともいえなくはない。しかし、翌日霊柩車が県境の深い山中でパンクし、修理のためガソリンスタンドを捜して十キロメートル余りも炎天下を引き返すはめになったのは、一口に葬儀屋の内在性の延長とはいえない。

57　あの時点でもう腐臭はかくしようもなく、修理のあいだ葬儀屋と私はただアイスクリームをなめていた。

58　「アイスクリームを注文したのは誰か」と問われればそれは私であり、そのかぎりにおいて、舌先でとけるアイスクリームは私の内在性である。だが「なぜアイスクリームが欲しいのか」と問われれば、頭上の太陽を指すしかない。私の渇望は八月の太陽のせいだということになり、アイスクリームの溶解はむしろ超越性とはいえないか。長老ゾシマの腐敗のように。

59　あなたが崩壊しているあいだ私がアイスクリームをなめていたのは、その問いに答えるためではない。問いを問い直すためだ。

60　木は内在性か超越性か。小鳥は内在性か超越性か、蠅は内在性か超越性か、運動靴は、タイルは、ミミズは、蛙は、赤いダリヤは、夕焼けは……。

61 超越性のプラズマ。爆発。決定も破局も、つねに突然だから。

62 灰と泪。

あとがき

コトバが情報の伝達手段にすぎないなら、アリやミツバチといった社会性のある動物もコトバを持っているという。これらの動物のコトバと人間のコトバの基本的差異について、ブリス・パランは「ミツバチは嘘をつくか」と反問している。逆説的ではあるが、コトバの真実性は、コトバが嘘を生みだすことができるからともいえる。

コトバが情報の伝達手段のみではなく、コトバの真実性が事実との対応と無関係であるとしたら、一体コトバのリアリティは何によって検証できるだろうか。この詩集を「レアリテ叢書」の一冊に加えていただくことになったとき、ふとそんな弁明ともつかぬ疑問が心に浮んだ。

にもかかわらず、「レアリテ叢書」として刊行されるにいたったのは、西一知氏の深い理解による。改めて、心からお礼を申しあげる。

一九八二年六月　みえのふみあき

詩集『雨だれ』（一九九四年七月一日　本多企画刊）

愛の生活・1

テーブル

ひとしきり降った雨があがった
庭先のテーブルの小さなくぼみに水がたまり
移動する雲と椅子の影を映している
颪が小波をたてると椅子がゆがみ
形を逸脱しようとするが
意味があわてて元の位置に押しかえす
テーブルの端におき忘れた鋏のうえに
二羽のスズメが飛来して
ひらいた白い刃のあいだの水溜りに
交互に身を沈めては
チチッと鳴いて飛び去った
今朝　鳥かごの中で死んでいた
ジュウシマツの小さな屍体を
サザンカの根元に埋めてやった

その日　やぶれた庭のすみで
ぼくは一日中乱雑に散らばっていた
酸素の欠乏した空気のように貧窮していた
雨水がテーブルの上から
日常の意味という意味を洗いおとし
小鳥の小さな屍体が
花を花たらしめ
椅子を椅子たらしめた
地上への緊縛性を切断して
あらゆる区分と差異を破壊してしまったので
ぼくはあてどなく拡散し困窮し
腐ったスープのように内実へと崩れおち
隣接するすべての他へと
よだれのように流れだすばかりだった

コジュケイ

ガラス戸ごしに
ぼくが庭先のおまえを呼ぼうとすると
コジュケイが大声で鳴きだし
おまえはあわてて子供らを呼びかえす
すると子供らは
一年もまえに死んだ飼い犬の名前を呼ぶので
ネコがまちがえてスズメを襲い
スズメはいっせいに飛び去ってしまった
無作為に分節化された愛の連鎖
ぼくの不始末の切れはし

だれもが身近なものへと
安易に転位するのを断念して
スズメのように飛び立ちたいと思うが
ぼくの肉体はすでに気絶し
ぼくの精神は嘔吐のごとく
世界の喉もとまでこみあげている
外は内の　内は外の
吐瀉物であるというなら
おまえはぼくの可能性
それともぼくの不可避性——

アネモネ

ウメの木の根元には
きのうからネズミの屍体があり
そばにアネモネが一株
赤い小さな花を咲かせている
庭の木製のまるいテーブルのふちから
こぼれおちた朝の光が
アネモネの葉先ではずんで
ネズミを形態学から解放する

ぼくは虫のように空に染みつき
ぼくは屍肉のように大地を汚染する

ススキ

土手のススキがいっせいになびき
白い波がぼくを通過する
ぼくの額のうえで
落果がはじける
犬がほえる
ひらひらと風にのって
崖下の日常へと漂流する
ぼくはひとつの端緒であったか
おまえは絶対的源泉であったか
傷口のようなふたつ接面から

時が流れだし
分割と分有がはじまる
透明な秋の空気に晒されて
時はいますべて光の横顔

注　「光の横顔」はドランの同名の作品から

夜空へ

熱く苦しい夜
ぼくは庭先の寝椅子にあおむけになる
足もとで犬が鎖の延長のように寝そべり
腹をなみうたせている
遠くの星からの微弱な光が
目のまえの不在の椅子に衝突し
ぼくと犬と牛乳瓶と
瓶底にたまっている雨水との

無関心な連関を一撃して
暗い夜空へかえっていく

家族

椅子がこわれた日
ぼくは留守だった

椅子が投げだしたビニルのバケツ
風に吹きよせられた光の籾殻
ぼくは散乱した部材を片づける
椅子の重心はどこだ
外れかけた肘掛けを黒い毛虫がのぼってくる
たちまち左右にゆれて
バランスを回復しようとする重心は
ふぞろいの四脚の共同幻想

椅子は自壊したか
重心は自爆したか

庭・1

荒れた庭
落葉が溝に吹きだまり
枝が柵をこえ
ブロック塀が倒れる
バケツがおき去りにされている
ぼくの精神の乱雑さ
ぼくの肉体の根源的不明瞭さ
ぼくは息がつまったまま

庭に投げだされる
どんなときもぼくは
精神の超越性にひたることができない

庭・2

煉瓦を並べたり庭木を植えたとき
手前にだしたり後ろにさげたりして
可とした庭のコンポジション
あの幾何学的主張こそは
ぼくの永遠性のはずだったのに
夏の終わりには犬が死んだ
秋の初めに猫をもらってきたが
落葉にしみる雨音で庭木の仮想線は崩れ
枝は思わぬところから隣家を侵犯する
昨夜のぼくの片足はだらしなく

おまえの胎内に残ったまま
蛇口につながれたチューブのような
その狭隘部から拡張部へと
今日は嚥下した冬日がしらじらと沈む

翌朝　二十年もまえに東京の病院で
そこいらの紙切れに書きつけた一行の詩句が
ぼくの手もとに舞いもどった
ぼくは封筒のセロテープをたんねんにはがし
剝離のあとの真新しい感性を曝気しながら
きのう書いた詩句の横にそれを並べた
ふたつの詩句の無限のへだたり
その間におこった無数の変化や出来事など
まるで嘘のようにたったの二行で
ぼくの詩は始まりぼくの詩は終わった
すべての始まり終わりの
不可能性と不可避性の循環論に
よじれたり解けたり

軽くのびたり縮んだりして

鳥かご

空の鳥かごは
光の格子　影をもたない
おまえの亡骸をかくしている
ときおり風が
さえずりだけを運びだす

絶望もまた希望
ぼくはベッドの上でばらばらだ

鎖

サルスベリの枝には
春に死んだ飼いイヌの首輪がかかったまま
シャクヤクの根もとに埋もれた鎖の露出部分は
大気中の酸素を吸ってしずかに燃えている

やがて時が鎖の遍在性をボロボロにし
イヌを呼び名から解放するだろう

ぼくが単純に愛した名前
名前に呼応するおまえの身振り
その一体性の剝離と拡散で
こんどはぼくが鎖の輪のようにゆがみ
そこからぼくの消失点がひろがるだろう

エス

—おまえはフィラリヤで死んだ

記憶は水びたしだった
五月の雨に間断なく洗われている
庭先の裸のテーブル
束の間スズメの羽ばたきがかすめ
小さな文字のような足跡が映っては消える
こぼれおちた淡い黄色の粟粒
いつもならおまえもそこに寝そべり
ぼくと一緒にミヤコワスレの
うすい紫色の花を見ていたはずだ

ぼくは単純に信じていた
（ふるまいの共時性と同一性があれば）
そのときぼくらは同じものに繋がれており
語れなくてもそれを介して
おまえとぼくもまた繋がれているると
だがおまえのミヤコワスレはおまえの
ぼくのミヤコワスレはぼくの
雨のなかでゆれていた

別々に紙のようにあおざめて

○

おまえは語る言葉をもたないから
おまえの内部といえば
純粋な心臓・胃・腸
心臓が動いていようといまいと
おまえは隙間なく地べたに密着していた
言葉をもつぼくとちがって
追憶や憤怒　憐憫や
ありもしないあの世へのおそれに
体中を占拠されることはなかった

いつか裸のテーブルをはさんで
おまえとぼくだけが残されたら
ぼくのもつ言葉はいっさい無用となり
ぼくの内部にも心臓や胃袋が

よみがえるだろうか
ぼくらは自他の区別のない
ひとつの暴力たりうるだろうか

ルナ

水銀柱が十度をくだる朝には
おまえはきまってベッドにもぐりこんでくる
病んだぼくの脇腹へと波のように身をよせてくる
おまえの体温とぼくの体温とが
とうに平衡に達しているとしたら
ぼくの感じるおまえのぬくもりは何だろう
たがいにそれよりわずかに高い熱を
ぼくはおまえの体温と勘違いし
おまえはぼくの体温と思いこんで
幻のような熱勾配の両側から身をよせあう

系統樹のどのあたりでぼくらは枝分かれしたのか
それからどこをどう通ってきたのやら
思いだすこともできないが
こうしていると
どちらの体温かわからぬ熱の彼方で
小川のせせらぎの音がする

獲得形質は遺伝しないという言説を
疑うわけではないが
ペルシャ猫のおまえは
ふかくしなやかで白い豪奢な毛を身につけたのに
ぼくは醜い裸のままだ
そのうえおまえほどの気位もないので
名前を呼ばれると子犬のようにふりむいてしまう
冬のとぼしい日差しが
残菊の黄色のつぼみのふちから
崖の下にこぼれおち
小さな虫がもつれながら

光におぼれて薄明の空に沈む朝
ぼくはおまえの体温のはるかな過去から
身をはがし起きあがることができない
耽溺は悪であるか

ぼくの望みは明晰さにある
同時にぼくは不分明で均質一様な夕空のような静謐さ
愛のあとのシーツのような乱雑さの極大を願う
一滴の精子の遺伝子コードが
エントロピーの極小なら
極大から極小への逆転の時の小道で
ぼくはなんどでも死んだり生まれたりするだろう
ぼくの経験　ぼくの言葉を忘れ
月の精なる狂乱と変異のはて
核酸塩基配列のどこかでおまえと入り乱れ
擬物化されたり擬人化されて
おまえのような美しい毛並みを手に入れるだろう
変化が差異を生み
差異が菫化し蛙化し
おまえとぼくの記憶がこの朝
冬の裸木の小枝のようにこんぐらがって
異常が正気となっても
ぼくらは植物的言語でゆっくり会話し
花粉のように拡散して非収束的であるだろう
あらゆる文法を無視して
ぴょんぴょんジャンプするだろう

愛の生活・2

雨だれ

窓をつたう雨だれの無音の音
無数の雨粒に閉じこめられた部屋の中から
ぼくは遠い裏山の真新しい墓石に吹きつける
黄色の冷たいミモザの雨を眺めていた

ミモザの重い枝に春はたけて花は廃れ肉は腐る
ぼくはあらゆるものの限界だった
雨水とともに下水溝を流れて
小さな破裂をくりかえしながらついえていく水泡
ぼくの非現実化
ぼくの未完結性
雨はいつのまにか土砂降りになっていた

雨音

窓ごしに
雨音が潮騒のように押しよせてくる
ぼくが噴きこぼれはしないかと
おまえはきつく包む
熱はすぐに平衡に達するが
おまえの重さは永久にぼくの負債だ

突然　おまえとぼくとの掛け金がはずれて
ぼくの心臓を内側から突きやぶる
古椅子のシートから突出した発条《ばね》のように

雨が激しくなった
ぼくのうえでおまえは息絶えているか
すべての物音は雨の中へと
夢のように崩れおち折りたたまれていく

雨滴

朝から雨
窓のおもてのまばらな雨粒ほどに
ぼくたちは離散的であるけれど
おまえはほとんど永遠に
タマネギをむきつづけ
ぼくは生まれたときから

外を眺めているけれど

いつのまにか
雨粒は布のように流れだし
ぼくたちが浮遊する物質系海は一様
テーブルのうえの紅茶カップの縁が消えて
庭木の薄緑色の濃淡と連続した
ぼくとおまえの固有時は
水に落ちたインクのように
混じりあい非可逆的に拡散し
なお激しく独立の粒々であるか

ぼくは眠くなった
有限だが無辺のおまえの
夢のなかで

雨

春先の細い雨が軒をつたい
おまえの喉を冷たく流れる
外は雨
内もまた雨
すべての色は形をはなれ
輪郭からにじみだす
繭のように透明な下腹部では
花木の小枝がかさなり揺れて
バケツの水があふれでる
鏡台やベッドごと
希望を水びたしにする

窓際で白い猫が遠くを見ている
おまえはしんじつ絶望したことがあるか

出来事

アレチノギクの背丈がフェンスを越え
プランタの欠けた部分からは
グラジオラスの球根が尻のように露出している
いますぐそこから庭が崩壊するわけでもないのに
おまえが戸外にはみだし緑色にみえるのは
孤立した庭の数多の出来事に
こころを奪われてのこと

背後からぼくが抱きしめているのは
一本のアレチノギクではない
物干し竿につらなる無数の雨滴のはしから
一粒の雨滴がふくらみ落ちる
落ちてはふくらみふくらんでは落ちて
水たまりに小さな波紋をひろげる
おまえの緑色が深さをました

それだけのこと
愛しているといっても

洗濯挟み

一本の物干しロープ
ロープに連なり
小鳥のようにとまっている洗濯挟み
一輪車は傾いたまま動かない

ぼくは戸外を眺める
おまえは洗濯物をとりいれる

残された裏返しの靴下が
夜気に白く浮いている

おまえの恥骨はすけて

そこらあたり一面
まばらなチガヤのように
星が瞬いている

夕日

一枚の枯葉がぼくをさえぎる
枯葉に夕日が金色に映え
夕日に枯葉が金色に映え
枯葉と夕日にぼくが
ぼくと枯葉に夕日が
金色に映え
金色の枯葉反映が
窓枠の外へと消える

ぼくは小学校の物置の裏で自失する
遠くでいつまでも光っている

水道の蛇口

ハンドルのように

蛇が脱皮するようには
生き方を変えるわけにいかないが
ぼくは庭土をすくって
植木鉢の土を入れかえる
ヒヤシンスの球根をふたつ埋める
希望といえば大袈裟だが
時間を未来につないで
間断ない脇腹の鈍痛を
自転車のハンドルのように磨いてみる
夕べの町の灯火と遠い星の光が
ハンドルのメッキのうえで浅く交差し
その点滅をたどっているうちに
ぼくはなんだか

ハンドルのように曲がってしまった
花もネコも曲がってしまった

旅のあと

三日たらず留守をして玄関をあけると
おまえは台所で
ぼくが家をでた日と同じように芋をむいていた
ふだん見なれた椅子やテーブルと一緒に
おまえもいくぶん小さく見えた
ぼくが引きつれてきた異土の時間が
秋の最初の冷気のように部屋の空気を浸食した
ふたつの気流の断層
寒暖　明暗　愛憎　快苦
そのはざまでぼくらは軋んだ
離ればなれになった裸身のうえ高く
木の葉が黄ばみ
蝶のように舞った
　——蝶ノ飛翔ノ不連続性ハ
　風向キノデタラメサニアラズ
　羽根ト身体ノ連結構造ノ曖昧サ
　サモナクバ志向性ノ欠如ニヨル
それがどうした
蝶にとってとまった花が
とまりたかった花
いま同じ風が疎らになった木々の葉をかえして
梢の先から水泡のように消えていく

マリーゴールド

ブロック塀の陰の夕闇に
夏の名残のように咲くマリーゴールド

ひっそりとのびたニラの白い花
隣りあって見えるふたつの星の間の
空虚ほどの種のへだたりに
おまえはだまり
ぼくはだまり
秋風が立ち
一様にかたむき

冬空

灰色の冬空を斜めに横切る二本の高圧電線
一度も交わることはないが分かれることもない
単純に平行していて一方は他方の
他方は一方の磁場のなかで眠り目覚め
おまえは庭先の桃のつぼみに気をとられているのに
ぼくは虫のような数字を足したり引いたりしている
細い断面を激痛のごとく走る過度の感情に
たがいに身をそらせることがあっても

遠くからみれば
細かくふるえているだけだ

花はしずかに空を

ぼくは此処を出ていく
高台からの眺望のなかでは
音がなくすべてが
過去のように遠く霞み
百合の球根のような抱擁
あるいは別離のあとでも
花はしずかに空を幻想するだけ

ぼくはこれまでに
何かを決断したことがあっただろうか
この町でひとりの女を娶り
ふたりの子供を育てた
それとてうわの空の出来事だ
春の落葉が胸をふさぐ
その哀しみはまた別のことだ

空

一

永遠という言葉は死語にひとしい
ぼくが口にしたらきっとおまえは途方にくれるだろう
はてのない空のひろがりが
はてのない時間の旅となっておまえに返ってくる
そのはかりがたい大きさがぼくを不安におとしいれる

高い窓からみえる小さな空をすかして
いくすじもの小川がぼくの静脈のように還流している
小鮒のむれが白い腹をかえして藻の中に逃げこむ
どこにかくれていても苦もなくすくいあげる大きな手よ
神様の話をしているのではない
ぼくが子供のときに父に買ってもらったたもあみ
光を編んだようなあの清らかな網の目のことを話しているのだ

二

朝焼けのたびに
ぼくの中からぼくがぬけでていく
比重の軽いものから順に
きのう買ったばかりの洗面器の色や
読みさしの本の中のわかれ道
それから妻や子供の名前も忘れるだろう

ぼくがぬけ去ったあと
白い敷布のうえにとり残された
一本の針金
突然　ぼくの野望が空を染めあげ
おまえの背中に虫のように泣きすがる

部屋

言葉が人生を語らなくなったので
どの窓辺にも仕合せとか不仕合せの
ランプがともることはない
天井をすかしてふたつのベッドに注ぐのは
遠い過去の星の光

かつてぼくは節足動物だった
白いテーブルの上を這いまわっていた
テーブルの脚もとでは野菊が咲き乱れ
秋の日差しがなおその辺りにとどまっていた
光差に無感動なぼくの探餌運動は無方向
行きあたりばったりがおまえの乳房であった

天蓋がぼくの部屋になった日
苦痛の感覚は永遠に変わってしまった

注　最終行はW・Wバートリ著『ポパー哲学の挑戦』から

懐旧詩篇

庭

晴れの庭、雨の庭。

小さな砂場のある晴れの庭では終日虻の羽音がし、小さな池のある雨の庭では落葉をうつ雨音がたえない。

縁側に放置された兄の学習ノート。透明な釣糸の結び目には、ぼくの生まれるまえの光が停滞している。

庭の素材と配置のみが庭の論理を構成するなら、倒れかけた梅の木の自堕落な枝が遮断する飛び石の主張は反証不能である。ただの記述の集積なら、庭木の繊細な文法は大気に暴露された脳髄、あるいはもつれた釣糸の塊り。いつか風に吹かれて、蜘蛛の巣のように板壁にへばりつき、通俗な典拠へと瓦解するだろう。

帰ってみるとすでに建屋はなく、ふたつの庭を隔てていた廊下の敷石は雑草におおわれ、雨と日はひとしく晴れの庭と雨の庭に降り注いでいる。

草の葉

風にはさまれて一枚の葉がふるえている。あるいはまたこうも言える。一枚の葉の震動が風を生みだす。

ぼくがこの世に吐きだされたとき、ぼくが排除した空気の量はぼくの容積に等しい。それはそうだが、排除された空気が波及して、周囲におよぼした変化の総和を測ることはむつかしい。ましてぼくの泣き声、ぼくの最初の異議申し立てで何が変わったかは。

分けることが分かることだとおまえは言うが、ぼくに分かったことなど何ひとつないのだ。ぼくが分割し意味づけたおまえ。その下腹部のうえを夕立が過ぎ、風は音符のようにあたりの梢をかき鳴らしていく。

すべてが無意味だ、と言っているのではない。いつか草の葉が消失して、その切り傷のような隙間を風がふたたび埋めもどしたにしても、ぼくの病んだ血はすでにおまえの胎内をめぐっている。おまえとぼくとの盲目の再布置、えっ何がはじまるというのだ。ぼくの精神を蜘蛛のように宙吊りにしたまま。

カスミ草

アリを追ってカスミ草の繁みにまぎれこむ。連綿とつづく分岐がぼくを狼狽させる。ぼくが発見した規則性、ぼくが見落とした不規則性を無視して、アリは枝をのぼる。

規則の破れが問題ではない。規則の幻想性がぼくを立ちどまらせるのだが、アリはためらいもなく分岐の一方を進む。その先が行きどまりかどうかなどという未来への予見が、アリの判断を左右することはない。

羽虫

網戸に青い小さな羽虫がとまっている。網戸の一分画と網膜状の画素の大小は、ぼくの認知能力の埒外である。

網の目により分割された色差が、その寸断をこえて一匹の羽虫と映るのは、ぼくが羽虫を見ることよりも羽虫を愛することを望んでいるからだ。

同じことだが羽虫が青く透けて見えるのは、空に同化したい羽虫の願いでもあるが、同時にぼくが空色に染まりたいからでもある。

鶏舎

金網ごしに鶏舎をのぞきこむ。貝殻を砕き、ハコベを刻み、新しい水を補給するのは、ぼくの日課だ。

ぼくの日課だが、鶏の鳴き声と籾殻の匂いがぼくを意地悪にする。ミミズを掘って投げこむ。十羽の鶏が先を争って集まり、苦もなく食べてしまう。ぼくの憎悪は肥大する。


せまい鶏舎の中でぼくは鶏を追いまわし、一羽の首を絞める。羽毛が舞いぼくが舞い、夕日のはてまで散る。

軒の梁をつたって、一匹の蛇が卵を狙っている。

裏山でしずかに熟している桃。

井戸

屋敷の中に四つの井戸があった。

東南の角にある井戸には釣瓶がついており、飲料水はこの井戸からとっていた。

炊事場の裏のポンプ付きの井戸水は、硬く冷たかった。飲み水には適さなかったが、西瓜を冷やすのには好都合だった。

裏の畑をはさんで北東の角にある井戸は、隣家に貸してあった。竿の先につけた小さなバケツで汲んでいた。

西の道路沿いの井戸は、畑の用水に使っていた。縁石に腹這ってのぞき込むと、昼でも星影を映していた。何をおそれたのだろう。父はこの井戸をコンクリートで閉塞し、星の光を永遠に封じた。

小道

葉のおちた疎らなクヌギ林のなかの小道。向こうに墓地が見える。夕日が墓地の斜面に散らばっている。

ぼくは攻撃的に小道を走りすぎる。斜面の枯草から飛びたつ虫はいない。ぼくの飢餓空間と虫の逃亡空間は同じひろがりの中に展開しているはずであるが、ぼくに見えるのは夕日だけ。

墓地のはずれのセンダンの高い梢に一枚の葉が残っている。葉実質はすでに脱落している。虫くいの細い葉脈に縁どられたふぞろいの輪郭にそって、一日の終わりの光が逡巡し漂流し揺曳して、途絶える。砂漠の川のようなその行き止まりから、突然すみれ色の空がひろがる。

あとがき

ショパンが前奏曲第十五番変ニ長調 ｏｐ・二八―一五の『雨だれ』を書いたのは、ジョルジュ・サンドとの恋の逃避行で、地中海のマジョルカ島滞在中のこと、と言われている。すでに死にいたる病により体調の異変を覚えていた。ショパンにとって、生きること、作曲すること、愛することは同義語であった。

愛する能力とは、それなしには生きることのできない精神の深い渇望であろうか。

一九九四年六月

著者記す

詩集『春　2004』（二〇〇四年九月七日　鉱脈社刊）

Ⅰ　裏山

北斜面

冬の日が斜面をすべりおちる
段畑の一番上に石清水の溜池があり
三段目の小屋の裏には
桃の木が二本あって
とぼしい光を集めている
そこから東の斜面は荒地のまま
ところどころに墓石の欠片がころがっている
ぼくは反対側の雑木林をぬけて
小屋にたどりつく

自然は嘆息したりはしないが
山はおおくの死者をいだいて寒く
釣鐘のようにこまかくふるえている
空はかさねて空をうつしている
ぼくは忘れものをしたような気がして
ふりかえってみるのだが
道は雑木林の茂みにかき消されて暗い
夕日が遠く山の端に口をあけて
真っ赤な泥土を吐きつづけている

梅園

梅園の小道をおれる
山のむこうに青い海がひろがり
海岸線が白く湾曲している
前をいくおまえは
麻袋のようにボロボロ
紅梅と白梅が交互にすぎていき
梅の香が足もとから

おまえを染めあげていく

四界を点綴する言葉は
風に消されて
物語となりえず
おまえの全一性
おまえの原苦
おまえの偏りだけが
展望台の太い枠木からはみでて
ハタハタとはためいている

早春

ぼくが直角三角形を愛するのは
それが自然界に存在しないからだ

はじめての製図の時間に
定規のことを英語でルーラーというんだよ
と教えてくれた先生はまた言った
ルーラーは独裁者だ

少女よ　あの日
ぼくは透明な定規を川底におとしてしまった
直角三角形の頂角から長い斜辺にそって
早瀬の水泡がわずかにすべった
ぼくは清楚な独裁者にひそかに別れを告げた
ぼくは冗漫で貪欲な繁殖の季節へと倒れこんだ

音楽

魂について語るのはよそう

森について語るのもよそう
見えないものを見ようとはすまい
ぼくが見てぼくが語ることができるのは
朝の光をかえす卓上のコップ

けれど音楽はただちにおまえを液化するだろう
おまえは油膜のようにゆらゆらと揺れうごくだろう
あらゆる光を吸収してやまぬ完全黒体
いまはおまえからかぎりなく遠いおまえ
仮にそれを魂とでも呼ぶなら
ぼくはおまえを語ることができるだろう
みえなくてもその震源に触れることができるだろう

土手

夕日がビニールハウスを金色にそめている
水路は西にむかって灰色にのびている
川面に鳥影はなく
おまえは土手の上に
自転車のように放置されている
待つことはこがれることか
ナズナの白い花はただこがれている
待つことは忘れることか
ナズナの白い花はただ忘れようとしている
車輪が傾いた地軸のまわりをゆっくりとまわる
おまえはなにひとつ増えもしなければ減りもしない

脇道

いく道とかえる道はおなじではない
ぼくはうかうかと脇道にそれていく
氷上の軌跡のうえに
正確に回帰する追憶だけが美しいというのに
ぼくの背後ではいまきた道すら消えうせている

いく先もかえるあてもない街角では
どの道も不可能性のノイズにふさがれている
おまえは途方にくれて
ぼくのなかを往来するばかりだ
デパートの回転扉をひとまわりして
今日がまたそれていった
ベッドのへりから垂れているのは
おまえの道ではないが
ぼくの道でもない

闇の岸辺

ベッドの手すりにぼくは漂着する
河口近くの葦のあいまに
浮き沈みする
水鳥の巣のような
ぼくの一日

苦痛といえるほどではないが
微熱が全身から滲出する
ぼくは覚えたことばを
すべておまえに投げつけ
寝返りをうつ

岸辺のセキチクの群落へと手をさしのべる
おまえの背後に
闇が山塊のように隆起している

Ⅱ　河口まで

街角

飾り窓に映る街路は美しすぎる
暗い店内から波がとめどなくおしよせてくる

約束の時間をとうに過ぎているが
ぼくは待っている

別々のページに描かれた二本の曲線が
位相をこえてこの街角で交差するとき

一瞬は永遠にひきのばされ
永遠は一瞬に凝固するだろう

窓のむこうにアネモネが一本
その細い茎はまださむい

駅

電車が発着するとき
そのときのみ時間が時刻となる

すべての感情はいったん停止し
やがて鉄路のようにのびていく

どこかでおまえが
バッグの口金をパチンと閉じる音がする

あとはただ疾走するだけ
時間は遠ざかる轟音だ

西湖

○

日が沈む場所よりも
はるかに遠い山のいただきに
ぼくのみずうみがある

湖底に堆積した病葉には
真昼でも星が露のように宿っている

○

アンデス山脈の傾斜した稜線を
ビクーニャの群れが駆けおりる
丘上の灰色の湖水
湖水に沈む金色の夕日

少女は黒い髪に風車を挿して
幼い娼婦のように眠っている
投げ出された両脚の間から
家禽が旋風のように走りだす

○

夕立にぬれた少女の幼い胸

日々草　バケツ
いまは純粋な言葉も不純な言葉も
ぼくをひとしく傷つける
バッタがはねて猫が走った

○

幸福を願ったことは一度もないのに
不幸はぼくを侵しつづける
ぼくの精神は電柱のように傾いている
無数の細い針金が四方から
ぼくを緊縛してはなさないのだ

○

荒々しい岩場のうえを
おそろしい速度で雲の影がすぎてゆく
おまえがひとりというなら

ぼくもひとりだ
息をきらせて

○

音楽のように精緻な論理回路をふみはずして
コンピューターが
石と意志とをとりちがえた日
春の嵐にあおられてぼくは見た
大きな夕日がおまえの胸をあかあかと染め
そのうえにぼくの記憶が灰のように降りつむのを

春

春の詩は
春にしか書けない
クヌギの枝の若芽は
むろんのことだが
三輪車の外れた車輪すら
春のひかりを
冷たくかえしている

きのう猫が
ムクドリをくわえて帰ってきた
大きな鳥かごを買ってきて
生餌と水を与える
春の雨が部屋を閉ざす
ムクドリもぼくも
季節の外へでることは
叶わないのだ

誤解

ぼくの引きだしには何もない
古い三角定規と消しゴム
描くことが理解の端緒であるなら
消すことは愛のはじまりである

ぼくが修正に修正をかさねた川の曲線
ぼくが平行四辺形に変換した小さな家
夏の雨があがったあとの
西日のさすあかるい部屋のなかで
少女は足をくみかえた

逸楽

遠くで逸楽を解せぬ犬が吠える
ブラームスの交響曲が終わるまで
もしも一音符の音が瞬間なら
瞬間はなんどもぼくを貫通した
もしも一音符の音が永遠なら
ぼくはその音を通過できないだろう
キーボードをふんで猫がよぎる
おお不可知な文字列の一行詩よ

霧の朝

小屋

裏山の桃が咲いた
作業小屋の低い屋根は傾いたままだ
長いあいだひとのではいりはなく
板を打ちつけた窓の破れ目から
湿った闇とともに黴の匂いが
死者たちの記憶のように洩れている

小屋の中でしずかに瓦解する時間は
もうだれのものでもないのだ

食卓

毎朝　稲妻のような激痛がおまえの胸郭をつらぬき
幾何学形のガラス細工が一挙につぶれたような声で
ムクドリが鳴く

ぼくは夜毎夢のなかで何を奪ってきたのだろう
朝の食卓　一枚の皿のふちから
岸辺のないみずうみがひたひたとひろがる
ぼくはパンとミルクと一塊の言葉を無造作にのみこむ
窓のむこうの青い余白のような自由

朝

川は暗い大地を蛇行する一筋の明るさだ
夜明けにさきがけて朝靄がたち
水鳥が裏返しになる
岸辺にボートが置きざりにされている
舳先に小さな波がうち返している
青年は去った
ぼくは青年の詩を読む
言葉は重力です　と君はいう
消えていく星と星
その引力と斥力を排して
君の言葉は一瞬秋草のごとくみだれる
愛の遠近法よ

河口

長い時間
動きのない同じ場所を見つづけることは苦痛だ
水面が鋼板のように冬のひかりを返している
枯れた葦の間で水鳥の巣が浮き沈みし
黒い杭のまわりに水位をきざもうとしている
土手の外れの白い小さな建物の側壁を
鉄の梯子が屋上まではいあがり
錆びた把手を夕空にむかって突きだしている
一本の棒が岸辺をはなれ
河の流れの中央に誘いこまれていく
流れに逆らって河の面を
満ち潮が小波のように遡行しようとして
正の時間と負の時間が交差し折りたたまれる
とつぜん棒が水面下に没した
河は両岸を失い時間の桎梏から解放された

III 夜道

闇

こどものころ
暮れには井戸さらえの老人が訪ねてきた
井戸にも底があることをぼくに教えてくれた
井戸の深さも空の高さも
ただの尺度ではないともいった
あらゆる深さよりも深い井戸には
すべての高さよりも高い空が映っていた
小石を投げいれてはいけない
投げこまれた小石は
投げいれた者の魂と一緒に永遠に沈みつづける
そういって井戸さらえの老人は去った
だがすでにぼくは小石を投じたあとだった

そのことを老人に告げることができず
ぼくは幼い小さな闇のなかで
はじめて永遠にたいして身震いした
ぼくはつむった眼を両手でおおい
絞首台の門をくぐって闇の外にでた

人攫い

川ぞいの土手が鉄路と交わるむこうに橋があった
ススキが折りかさなって橋げたをかくしていた
橋をわたりきった岩陰には人攫いの手がまっていた
人攫いの太い腕がこどもを抱きかかえて
木枯らしのように逃げ去るのはいつも夕暮れどき
攫われるのは遅れたこどもだった
あらゆる門限から遅れ行き暮れた背中には
ふいに黒い手がのびてくる
いつからかぼくはそんな手にこがれて
だれよりも遅く校門をでるようになった

初夏

禅寺東門　夕暮れ
梅檀の枝が塀をこえて
路上に緑色の影をおとしている
ぼくは自転車を立てて
少女を待った
いまだ奪うべきものを知らず
来るべきすべてを失った

秋色

ぼくは通りすぎた
城郭の石の壁を黒くふしくれだった蔦が這い

朽葉のふちに過去の光が虫のように巣食っている
罪人を水攻めにする大きな駕籠が
釣鐘のようにひき揚げられると
阿鼻叫喚の水がしたたり
なかに痩せた黄櫨色の少年がうずくまっている

革命も自由も愛も干からびた弾痕にすぎず
風のように通過するばかりだ
おまえもまたぼくも遠く
おまえの背中の外れたボタンですら
谷底の花よりも遠く小さく
ぼくの手はとどかない

鐘楼

城壁の角を曲がると
尖った三角形の鐘楼が立つ
内角の和が二直角にみたない尖塔は
広場の人々の肉体と精神を
いっきょに曇った空の一点に串刺しする
地上で口を開けているあまたの亡骸のうえに
鐘の音が霧のように沈んでくる

狂気が正気に
正気が狂気に
一瞬だがぼくらは死に
ぼくらは生きているのだ

驟雨

木は小道にそって枝をひろげる
蔭が木の根もとに
まだら模様の光をまねてうずくまっている
視界の果てまでつづく緑の丘陵は

労苦のあとを止めず
浅い谷間の集落にむかって
羊の群れがゆっくりとおりていく

空への郷愁は神々だけのもの
ぼくはバスの中から
窓外を過ぎさる木々の名を問い
河の名をたずねてみる
不意に雨が窓を斜めにしぶく
昏睡した夕べの欲情を
おまえの横顔から洗いおとす

斧

海岸線にそってバスが走る
日は曲がり風が沈む
光はいっせいに逆流し

宇宙は外部のない芥子粒に収斂する
過度の重力に密封された内部では
物語は始まるまえに終わり
光の記憶は仮想点となる
ぼくは河口近くの岸辺で夜空を見あげる
突如　ぼくの眼底に浮上する黒い斧よ
おまえの乳房のうえにおき忘れたぼくの手よ

月光抄

○

日のまえをさえぎる月下の烏森
ここからは見えないが
森のむこうを流れる小川のせせらぎは
眠れぬ夜の耳もとを洗い
薄明の空の静寂に消える

花には花の明るさ
木には木の明るさ
白と黒と灰色のみからなる諧調よ
すべては根こそぎ絶たれて
ぐるぐる巻きにされた聖骸布のように
追憶の彼方に垂れている

○

閉じ忘れた窓辺のノートのうえに
方寸の月の光が差しこんでいる
厚いレンズでも置いてあるかのように
その部分だけが浮きあがって見える
いまとなっては解読不能の文字列が
草の葉をつたう蟻の行列のように連なり
月明かりの際から闇の底にむかって
無音のままこぼれ落ちていく

○

ひとつ屋根の下に
わたしらはふたつのベッドを並べて眠る
月の光が差しこむと
この屋根もこの壁も消えて
わたしらは裸身で夜空にほうりだされる
戸板に磔つけられた罪人のように

夜の仕事

夜の庭は精霊たちの時間である
蓋のとれた薬缶の内壁にまで月の光がくまなく差しこみ
その底からは種子の根が軽金属のようにのびている
物干し竿の先にのこされた革紐もしずかに呼吸している

眠っているものは何ひとつない
水道の蛇口は白くひかり
小さな雫が規則正しく落ち
滴下の規則性がぼくを恐怖におとしいれる
いつかこの建物が瓦解し
庭木が枯れ
瓦礫から生活の痕跡が消えても
蛇口の水滴は永遠に時のない時を刻みつづけるだろう
おお　時のない時は夜明けのない夜
ヒトは問うことをやめてしまい
あなたは問いのない答えとして闇黒でありつづけるだろう

だがまてよ　ぼくは
夜毎にゆらゆらと釣り糸を垂らして腰の黒い帳を吊りあげ
昆布のように啜りとるかもしれない
愛の朝焼けにこがれこがれて

青島

青島海岸通りの空き地で息絶えたエトルリアの少年
平らに圧延された青銅の薄い胸には矢尻の痕があり
そこから一本のアネモネの茎が伸びている
狩をするには幼すぎた少年は
ライオンのたてがみに頭をのせて海の彼方を見ている
かたわらを修学旅行の女生徒が嬌声をあげてすぎる
真昼の太陽は少年の額の上に少時とどまり
岬をぬらす驟雨はそこだけ避けてかけぬける
僕は月明かりの夜道で少年の細い肢体に鑢をかける
剝離した銅から錫の白い粉末が麻薬のようにこぼれ落ちる
少年の磨滅した短い時間に僕は激しく嘔吐する
青島海岸通りの釣具店の飾り窓に
エトルリアの少年が片脚のとれた蛙のように張りつい

ている
神々の情欲から逃れた白い尻は永遠にひねったままだ
僕は釣具店に入り釣り糸と擬餌針と錘を求める
リールに巻かれた釣糸は僕の過去を封じた光輪
なにひとつその無限の旋回から逃げだすことはできない
岬の先の青い海　静止した時間
一台の観光バスが時の紙幣を検札していく
音楽が流れて時が朽ちていくのは観光バスの車内だけだ
僕はポケットを裏返すように世界を反転する
すると緑色の蛇が一匹少年の眼窩からぬけだす

Ⅳ　別府

男の夢は、ほとんど実現されないものだ。
――ヴィトゲンシュタイン

坂道

雨模様の港がホテルの窓のむこうに見える
窓は半分だけ記憶のこちらを映し
半分だけ空白のあちらを透かす
猫が時間の矢印を無視して
苦もなくこちらからあちらへ
あちらからこちらへと抜ける
海へむかう坂道にそって
時間が起伏し
新しい時代の波頭がすべてを波打ち際にうち返す
かつてぼくは八百屋のひとり息子の色白の友人と

この街の穴倉のような喫茶店で初めて苦いコーヒーを
　飲んだ
彼は苛烈なリアリズムの作家を目指し
ぼくは夕映えのような詩を夢見た
ぼくは山を思想に屈伏させる気もなければ
海に小石のような愛を投じる勇気もなかった
言葉を数珠つなぎにしたり切り離したりしてはみたが
意味がとつぜん百足のように動きだして
かりにも愛する者の心臓を咬むことはなかった
明日は朝早く自転車を借りて坂道をくだってみよう

同窓会

駅裏のホテルの一室で
五十年前の中学生がテーブルを囲んで凝固している
雨模様の天気を憂えることもないのに
農夫の係累の話題は天気に集中する
卒業式の日は途中から春の雨が降りはじめた
緑の農園にかこまれた丘の上の小さな校舎から
村里にむかってまっすぐ道がのびる
最後にその道をくだって
すこしずつ失ってきたものが
地獄痣のように話題の端々に浮かびあがっては消える
いまの世の中はとかつての優等生が立ちあがり
絶句した挙句ぼくの耳もとで
おれは彼女が好きだったと告白した
懊悩はすべての言葉のせいだ

雷鳴

湯上りのホテルの部屋は闇の底に沈んでいる
雨がときおり白い傷痕のように光る
ぼくは部屋中の灯りをつけて受話器をとりあげる
自宅の電話番号のむこうから

聞きなれた声が返ってくる
いま何をしているなどと
若い恋人どうしのようなことは聞くまい
いまといっても電磁波にも速度がある
回線の端から確認できるのは
数秒であっても過ぎ去ったおまえだ
ぼくは帰りの電車の時刻を知りたいだけなのだが
明日をたずねる言葉はことごとく混線して
南の空で遠く雷鳴のように明滅するばかりだ

死が奪うのは空白の未来ではない
ぼくの記憶の中のおまえまで消し去ることだ

地獄

地獄メグリハ記憶メグリ
記憶メグリハ言葉メグリ

…………
恥辱　憤怒
陥没　衰弱
誤差　追放
逃避　痙攣
唾棄　享楽
消沈　有罪
欺瞞　錯誤
…………
…………
言葉メグリノハテノ彼方
言葉ガ尖ッタ時代ヲ
ボクハ生キタ

血小板ノ数ガ突然低下シタ朝
毛穴トイウ毛穴カラ血ガ滲出シ
家族等ノ名ヲ呼ベド答エズ
一匹ノ蠅ガ耳元デ低ク唸リ

ジグザグニ飛ビテ逃ゲテ
ツイニ血ノ池ニ落チタ
ボクノ言葉ハ
アルファベットノヨウニベッドノ上ニ散乱シタ
一＋一ハト問ワレ死ト答エタホカハ
一綴リノ意味スラ生成セズ
高イ窓ノムコウノ小サナ空ヲ
季節ハ飴ノヨウニ流レタ

証明

一本の直線を引くのに失敗した日に
ぼくは数学者になることを断念した
先生は夜空の二つの星の間に無数の線を引いて
二点間の最短距離が直線であると定義した
少女の家とぼくの家とをつなぐ
曲がりくねった川岸の土手
それが最短距離であることを証する
幾何学方程式を解きあぐねて
ぼくはインク壜を日照りの庭石に投げつけた
乾いたインクの跡のあの無残な甘い匂いよ

喜遊曲

えんどうの蔓が
むなしく空を抱きとろうとして風にゆれる
婦人たちのおしゃべりは風もないのにゆれる
ダイエットの話からグルメの話へと
それからまたダイエットにかえる
それでもやはり真の欲望を満たすのは

グルメだ
おお真の欲望
おお真の減量
真実を生きることの途方もない困難さが
まるいテーブルの辺にそって
ころころと際限もなく転がる
そばで沈黙する
女郎蜘蛛の飼育法に関する男たちの思想は
でたらめの
間違いだらけ
進化過程の
自由と不自由
規則と不規則
運命と意思
反意語の同意語
はて
いま何時
でこれから

さあ

灰の朝

一枚の葉の海で
偶然と必然が戯れる朝の目覚め
葉脈のごとき細い論理の脈絡が行きどまり
ぼくの精神は
非晶質の混沌から
一瞬　詩語のような矛盾を晶析して
真理の合理性を否定する

たとえばぼくは
宇宙が鞍の形をして誘惑しても気にもとめないが
スプーンの先の不器用な曲面を形成する円周率
その無理数のはてのない遠さに立ちくらむ
方位も法則も消えた薄明のなかで

枕辺の水差しがゆっくりとすべりおちる
言葉から意味が事物から輪郭が消える
ぼくの右手が不用意におまえの乳房を刺激して
鉛のような眠りを発情させたとしても
やがてこの世の裸身に積もるのは
光速の宇宙塵ではない
暗黒物質の夢の
その最果ての灰
やさしく清らかな軽さだ

あとがき

生家の屋敷裏の花畑に総ガラス張りの温室一棟と、コンクリート壁の温床が二基あった。温室のガラスは爆風による飛散をおそれて、戦前すべて外した。敗戦の年の秋に復員してきた父は、温床の土中に太いニクロム線を埋設して、翌春サツマイモの苗を育てた。方々から、珍奇な促成栽培を見学に来た。

翌年、今度はニクロム線をとって、温床にアネモネを植えた。春浅い日、アネモネが細い茎の先に花をつけた。今では珍しくもないが、乏しい時代である。私はその甘美な姿に打たれた。少年時代に父と敷設したニクロム線は今も私の技術への志向であり、一茎のアネモネは私の詩である。

二〇〇四　春

みえのふみあき

詩集『枝』（二〇一三年八月一日　本多企画刊）

銀河

あけがた銀河の岸辺から
水鳥の群れがいっせいに飛び立つ

ひとりの少年が竹竿をかざして
群れのなかを駆けぬけていった

水のない暗黒の川床に
砂礫のごとく沈んでいる無数の星屑

空が白むとすべてが消えた
朝の食卓のパンもトマトも

なんだ　日々草は咲いていても
隣のネコすらもういないのだ

○

水源も河口もない銀河では
星々の時間は流れない
ひとつひとつが強く弱く
信号機のように点滅している

すべり台から転落した少女の時間
少年は銃身のように折れた
真夏の白い庭先には
葉鶏頭が激しく咲いている

駅

無人の停車場のレール脇に
カンナの花が咲いている
夏のおわりは
すべての季節のおわり
トランペットが高く鳴りわたる

カンナのかたわらに
置き去りにされた椅子は
もう小鳥の止まり木でしかない
ヒトの荷重には耐ええない
機能を失ったあの座板
あの背もたせ
あの肘かけの

空疎な形象の記憶よ

草の葉

朝　草の葉先の露を日が通りすぎていく
いちどかぎり
日が移ろい
露が消失したあとの草の葉から
夜空に向けて発散する大地の無限大

ぼくは何ひとつ思いだせない
その日のことも
たぶん明日のことも

おまえの掌のうえのぼくの眠り

ぼくの掌のなかのおまえの乳房

○

目覚めるとは交換することだ
放出と獲得
おまえのことばと
ぼくのことば

幼と遥
耀と痒
揺と妖
溶と瘍

ああ　一日草の葉に夏の日が照りつけ
一日豪雨がぼくの精神の胸元を水浸しにした

草原

車を降りても風は止まない
草の葉が白い葉裏を返す
鳥の視界からすべての道が消えた
女は嘘をつくのを止めた

ぼくの摘出された脾臓は
千夜一夜物語の油壺のなかで
オリーブ油の表面に泛かんでいる
灰色の月は皺だらけだ

千年の時を超えてぼくは女を抱いた
草原のはてで硫黄の匂いがした

○

秋の空が高くなれば
秋の梢は高くなる

ふるさとの水溜り
敗戦の夏の永い休暇が終わると
負傷で寝ていた従兄弟が
虫のように座敷から消えた
便器の鮮血が水の空を染めた

重大な事柄がこともなげに
私を轢断していく

空き巣

高い梢に雛が去ったあとの空き巣が残っている
小枝で編まれた巣の粗い空無を
夕日が一瞬だが茜色に染める
分岐する枝の混迷
ぼくの内臓に凝集する血管腫

どこかでとれたぼくの袖のボタン
いつか遠い野茨の茂みにボタンが
ぼくの失われた秘事を赤く繋留するだろう
その時だ
雛鳥が空き巣に帰ってくるのは
枝に時の赤い実が復活するのは

ぼくは木橋の蔭に映る白い雲をバケツにすくい
夏の休暇の午後の山道を兄と登った
夕立が足元で弾ける
食欲がないのにぼくは空腹だった
ぼくは兄に隠れて叢に
裸の野ねずみのように眠った

西海

部屋の片隅で思いに沈むように
青のひろがりを針が沈む
無辺の青のなかで
天地対称の針は
下降しているようでもあり
上昇しているようでもある
停止しているようですらある
天草の海に浮かぶ
処刑された少年の尻
あるいは白桃

○

ぼくが休む空虚はどこにもない
樹には樹の充実
真鍮は真鍮の
おまえはおまえの
実体に満たされている
ぼくは駆け足で遁走する
歩道橋の階段を踏みはずして
郵便局の金庫の扉を通過する
素粒子のように

虹のふもとに虹はない
夢のふもとに夢はない

水門

河口ちかい大川の突堤にそって
夕日が秋を染めている
脇腹の黒く錆びついた水門が
解放される日はないだろう

高く堰きとめられた小川は
低い水位のままだ
鋼板の彼方の潮騒への焦れはすでに絶えて
岸辺の水草の根をひたひたと洗っている

突如　堰を切ったようにあふれ
荒れ狂った宵闇のなかの白い姿態よ
おまえを鎮めたのはぼくではない

渚

朽葉とは百年の時の色
川底には置き去りにされた少年がひとり
いまも逆さまに釣り糸を垂れている

死海の渚に
屍体が浮かんでいる
決定的なのは
水の塩分濃度と
屍体の比重差ではない

屍体の追憶が
時間とともに浸出すれば
やがて沈む
記憶　あの赤い
ダリアのような

○

朝の渚で
白く泡立つ波がしら
ぼくが三つ数えるあいだに
引き潮はいちど
足もとの砂をさらう

小さな棒を立てる
砂山が崩れる
棒が傾く

ぼくは白い貝殻を拾って
渚をあとにする

窓辺

窓を隔てて
雨滴が流れ
窓を隔てて
猫が過ぎり
窓を隔てて
枯葉が舞い
窓を隔てて
古紙収集車の呼声が通りすぎる

ぼくが破壊できるのは窓のこちら側

ぼくは皿を割り
ぼくは本を裂く
海が部屋のなかにあれば
海をさえ打ち砕くことができるだろう
先ほどまでおまえは
庭先のゴッホの杏の枝のように
曲がりくねった枝垂桜の下に立っていた
だがいま窓枠のなかには誰もいない
ぼくを室内に残して
夕闇は深く
時間の行き先すらまちまちだ

山の端

山の端は距離である
ただ遥かなだけの遠さである
少女にとどかぬ少年の眼差し
あるいはみだれた文脈の自己増殖に
終止符をうつことができるのは
小さな石ころひとつ

山の端を夕日が溶かす
誰もそこに立つことはできない
ぼくが立てばもはや山の端ではない
はるか彼方に象の背のように
新しい山の端が眠っている
ぼくは石ころを蹴とばす

○

庭の敷石のわずかな隙間から
山百合の新芽がのびている
蝶の翅のごとき種子は

風よりもかるく
遠く山の端から飛来し
距離が不動の実在であることを
ぼくに告げる

ぼくは掌から蝶の時間を吹き消す

丘の上

昆虫たちの記憶がぼくを苛む
草の葉の先から滴る朝の雫
昨夜　空を覆っていた天蓋は消え
遠くの建物の窓ガラスが光る

昆虫にとって距離は時間である

観測器である眼球に沿って
時間の濃淡が展延する
レンズの収差が壁の感情を染める

○

風に吹かれて
ライオンは遠くをみている
つねに遠くを
地平のはるかな過去を夢みている

足もとの草原を列車が横断する
音速の残響時制は現在形のまま
轢死したライオンの未来は
薔薇色の脳髄のように潰れている

崖上

夜明け前
川霧が眼下の川筋を隠している
天地の境も見分けがたく
足もとの岩さえ宙に浮いている
不安の雲間に身をあずけると
街路を曲がって行き交う電車の軋む音が
稲妻のように肋骨に罅をいれる
距離は時間であるが
歳月は距離ではない

ぼくは鉄路にそって走った
ぼくは野薊をつかんで動転し
逆さまの山の稜線にぶらさがった

ぼくは小鳥に石を投げつけた
春浅い日に
ぼくは兄といっしょに
プロ野球のオープン戦を見た
饐えて食べ残したアルマイトの弁当を
少女とともに帰途の浅瀬に沈めた

一筋の曙光が川霧を晴らす
甘美な歓びが痛苦となって一挙に現前する
飛び去った一羽の小鳥よ

橋上

妻は霞草や白孔雀や
千日小坊主のような小さな花を愛し

日々添え木をしたり水をやったり
ぼくは赤い大輪のダリアを愛し
終日柱にもたれて水もやらず
西山に花びらが爛れ落ちるのをみる

すべての出会いは橋上でおこる
橋上で出会った私たちには
もう帰るべき岸辺はないが
一陣の春風のように
若い二人乗りの自転車が橋を越えて
岬の小道へと消えていった

○

ふたつの岸辺を結んでいるのは橋ではない
むこう岸へのまっすぐな視線である

ぼくが信じているのは橋の堅牢さではない
対岸へのはかない追慕である

霧が岸辺の風景をかくした朝
ぼくは橋の半ばで歩をとめた

対岸への志向を欠くトカゲは絶望しない
橋の手すりの堅さを踏んで前へと進む

遠い街よ　野よ　烈風よ
言葉が岸辺に花火のように落下している

春の庭

白いボケが満開である
少し丈の高いユスラウメも

細い枝に小さな花をつけている
ユスラウメの咲くころは
冷たい春のあらしが吹きあれて
一夜のうちに散ってしまうが
過ぎ去ってしまえば
あらしもまた一瞬ごとの静止画
あるいは瞬間と瞬間の谷間に消えて
永遠に思い起こすことのできない
愛のしぐさ

○

ほころびかけた匂い椿の
うつむきがちな薄いピンクの蕾に
つがいのメジロがきている
交互に硬い嘴をさしこみ
蜜をさがしている

天空に懸かる薄緑色の針金
枝に吊るされた春の尻

止まり木

家のネコが子ネコだったとき
巣から墜ちたムクドリを銜えてきた
翅を傷めている
宮崎県野鳥の会の会長に電話した
野生のムクドリを飼ってよいのですか
あなたが飼ってやらなければ
明日には死んでいます
歳月はムクドリの毛を白く染めた
それでもムクドリは
平均台のうえの少女のように

危うくバランスをとりながら
止まり木から餌や水を摂りつづけた
ある朝　家人が悲鳴をあげた
ムクドリは止まり木からおちて
鳥かごの床で固まっていた
きっと颪のような大きな手が
ムクドリの背をやさしく押したのよ
野鳥が自分の力で
あちらの床に転がることはないわ
あちらにねえ

小道

小道は川にそって曲がっている
川は小道の曲がり角を絶えず侵食し
思いあまって小道にあふれだそうとする
ひとすじの時をうみだす川とちがって
小道は空白の天空にしずかに懸かり
網目のように展延して
行き止まりとなることはない
ただどこかでその端が夜明けとともに
湿った岸辺の草むらに消えるだろう

「影を失った男」は最初から
影だけの肉体の持ち主だったのだ
それとも知らずに路上で
影に顔をうずめる女に
ぼくはドイツの青い林檎を与えた
ただひとつの錘であるかのように

○

行きかう人がいなくても
小道はまだつないでいるのだ
星座の星々をつなぐ見えない線のように
愛憎と抗争　昼と夜
桃が咲いた
朝　籠の中で椋鳥が死んでいた
ぼくはただ春の雨に溶けていたいだけだ

青島

地軸は傾いているが
島はかろうじて平衡をたもち
水平に浮いている
波が砕ける

一羽の鳶が滑空する
時間を糸のようにひいて
その切れ目　その隙に
おまえはかがみ貝殻をひろう

海には裏がない
地球に裏がないように

エスカレータのごとき中空の懸崖で
こそこそする永遠・瞬間
騙されているのだ
消えた堰堤の上を青い魚が飛ぶ

○

飴色の雨が島をつつんでいる
暮れなずむ松林のおくに道は絶えて
潮の香のみが迫りくる

なぞなぞ遊びのなぞの迷路のその果ての
はかなくしどけない怠惰な春の夢のうえに
細い雨がふりつづいている

島はみどりいろにねむっている
小鳥がピンセットで夢をついばんでいる

湖畔

暗い湖水のうえを漂う一艘の小舟
その舳先に沿って
固定された光は
蹄鉄のように硬く冷たい
小波が浅い喫水線を
やさしく洗う

照応する夜空と湖面の大きさは等しい
流星が切り裂く一刻の時
女の深い吐息が風となり
ぼくは葦の穂先のように撓う

○

ぼくは世界の除者である
半透膜を介して
隔てられ
泡のごとく浮遊し

ぼくの精神は
その内と外の界面に映える
光彩あるいは夕焼け
あるいは瘢痕

一日　ぼくは丹念に爪を切った
切ったあとの爪に鑢をかけた

焼け跡

おまえは燻った棒杭のように立っている
両手の指先からは雨水がしたたり落ちている
眼はおどおどと焼け跡をおよぐばかりだ
おまえは使徒たちの復活の謀略を拒否できたはずだ
だが　おまえは復活した
復活こそがおまえの永劫の荊冠
おまえにはふたたび死ぬことが叶わないのだ

（石川淳「焼跡のイエス」の表題から）

バス停

郊外のバス停でリムジンに乗った
曠野の果てのような風が吹いていた
出発までのわずかな時間
窓外の妻と息子の視線を避けて
ぼくは缶茶を飲んだ

地上で何が起こったかは知らぬ
リムジンが始動しぼくは視線を返した
風の片隅におきざりにされた
ふたつの相似た貌が
ススキの穂のように傾いていた

○

天井のない重い梁の下の屋根裏で
ぼくは蒼白い草の根のように春を迎えた
すでにぼくの肉体は朽ちかけていた
脆弱な神経に飴色の蟻が群がっていた

重い雨戸をあけて階下に放尿した
ぼくの精神の隙間に差し込む
一条の月の光よ
白いタイルの鯙のごとき
母なるアレルよ

注…allele（対立遺伝子）。二倍体のヒトでは、同じ遺伝子座に父方、母方由来の二つの対立遺伝子をもつ。

病院

駐車場の背後には杉山が見える
海は杉山に隠れて見えない
見えないがあるはずだと
ぼくは知っているかぎりの例証を挙げ
誰彼の見境なく質すが答えはない
海の存在は疑いようもないのに
海の実体を経験した者はいない

野良猫が死んだ子猫をくわえて
夕闇の小道に消える
その足跡までも消すかのように
一瞬だが小波がたち白い海がひろがる
渚に人影が一筋の煙のように立っている

○

願いごとは朝の食卓の林檎のようだ
いやぼくの願いは
むしろ全き林檎の不可能性にある
腐敗するリンゴから抽象された
輪郭図形の永遠性のような

夜になってぼくは
朝食で残した林檎を食べたくなったが
過ぎ去ったいっさいの出来事は
消去も修正も破壊もできない
刻々決壊する痛苦の風景を含めて

駐車場

雨の夜明け前
ガラス戸越しの駐車場の湿ったアスファルトに
街灯の灯影が浮いている
角の樹木の高い梢は絶頂への夢にかられて
なおもかすかに揺れているが
下枝の葉はすでに夢の誤謬に破れて
路面に貼りついている

一台のバスが落葉をはねて
駐車場の白い区画にすべりこむ
おお白い区画　ぼくの息苦しい胸郭
バスはぼくの全域を水浸しにする
空が白み街灯がおちる

バスのドアが開いて
きょうの日常が嘔吐のようにこみあげてくる

花畑

花畑は北向きの開墾地であった
花木のたしかな記憶はないが
最上段に石清水があり
最下段は一面ダリアが植わっていた
三段目には小さな作業小屋があって
小屋の裏には二本の桃の木があった
小屋から最下段に向かって
西向きに広がる斜面は未開のまま
ススキの合間に
エニシダが黄色い花を咲かせていた

小さな墓石が肩を寄せあい
沈黙を支配していたのは
さらにその下
夕日を真っ向に受けて
粒々の一瞬が
ひとつの永遠にひきのばされていた

○

春はおまえだけの属性だった
川沿いに広がる麦畑の中を
おまえは自転車を押しながら遠ざかる
いまも朝焼けの脳髄で点滅する
ぼくの狂おしい抽象を轢いて
海の方から山峡にむかい
貨物列車がとおり過ぎていく

淵

淵はただ沈むためにある
方位を失ったエーテルの闇
ぼくの沈降に逆らって
浮上する無数の小さな気泡
ぼくは水着を忘れたことを思いだし
大急ぎで故郷の家まで帰った
門口から亡くなって久しい兄が顔を出し
紙袋をふたつ手渡してくれた
深くえぐりとった母の乳房だ
開けてもいいよと笑った

○

横臥したぼくのうえを
日が去り
夜が来る
真円の完全性がぼくのなかで瓦解する
面積が近似値でしか得られないのは
πの欺瞞性による
全きものは全き値をとるべきだ
ぼくは無理数の離散する淵から脱し
兄がくれた紙袋をそのまま
青い空の底に沈めた

丘陵

丘陵から延びる小道は邂逅し分岐する
その坂道をくだる人の背中には

夕日が木漏れ日のように映えており
分岐点ではだれもが一様につまずく
言葉の翳に足をとられて
真偽　善悪　正邪…
どの小道も木々の梢のように
その先は行き止まりの青い空

詩人の言葉だけが意味から解放されている
面積のない仮想点　幅のない仮想線
ぼくは下血で血液の半分を失い救急車で搬送された
昏々と眠り鬱々と目覚めた
昏々の眠りと鬱々の目覚めとのあいまに
小川にこぼれおちた落果のように
意味のない詩句が浮き沈みして並立した
　　コップがある
　　ライオンが眠っている
二つの詩句は音叉のようにかすかに共鳴した
遠く近くはてしなく遁走する
晩鐘の無言の響きのように

クヌギ林

春の雨が
クヌギ林の尖った冬の小枝から
薄い紅緑色の嫩葉を
蘇らせた
ぼくは落葉に覆われた
記憶の小道を辿ろうとしたが
ことばは空白になった
空白の先にも世界はあった
ひとりの少女が
掛け算を間違えて殺された
その遠い半島では

春の雨は降らないのだ

○

夕日は
嫩葉を金色に変えて
クヌギ林をぬけた
向こうの傾斜地の墓地で
夕闇となった

ぼくは墓地の小箱を開けてしまった
ふり返ってはいけない
古い書物にそう書いてあった
遠くの岸辺に
最後の波が身を投げだし
愛の物語が絶えるまでは

註　詩集『枝』の作品は、「Occurence」というテーマで、
詩誌「乾河」に書きつがれたものである。

未刊エッセイ集

I　詩誌「白鯨」編集後記・抄

「白鯨」三号

真実でない言葉をはいて、しかも心の奥底で、たとえ影の影ほどにせよ、自己を疎隔し、いつわることなしでいられる者があろうか。しかし、そういうことが日毎におこなわれ、虚偽が職業となり、ついには羞恥も感ぜぬようになったら——そのときは、いったい高貴な自我への道はどこにあるのか。

（ハンス・カロッサ「ドクトル・ビルゲルの運命」より）

○

詩を楽しむ集まりでもない。詩はそれほど楽しいものでも、また苦痛なものでもないからである。詩は「高貴な自我への道」以外の何ものでもない。そしてそういうひとびとにとってのみ「力」であり「慰め」であると信じている。

○

先日「灰とダイヤモンド」という映画を観た。スクリーンの一ヵ所にキズがあり、画面がそこだけ空洞のように風を通していた。客席に坐っている数百人の人生が、すっかりスクリーンの方に持っていかれ、ぼくも、ぼくの周囲も、影のように薄い存在になっていたが、スクリーンのキズの部分にだけは、わずかにぼくらの「自我」が残っていた。機関銃も美しい女優の顔も、その部分に映ると妙にゆがんで見えた。

○

透明ガラスに向って立っているとき、ぼくはそのガラスの向う側と、こちら側にいる自分の重量を比較してみる。どちらが重いかよくわからない。詩を書いている時もこれとひどく似かよった経験をする。詩のなかの自分より、ペンを持った自分の方が重い時には、何となく安心してしまう。よい詩が書けなくても、その方がいいと思う。

○

「骨のある詩人」という言葉をよく聞く。主体性があるという意味なのだろう。どんな感動の瞬間にも、こちら側の自分の方が少し重いということではないだろうか。このことはしかし、決して倖せなことではない。いつも向う側の自分の方が重たい人こそ、倖せな人ではなかろうか。が彼は決して詩など書かないだろう。

（一九六〇年二月）

「白鯨」四号

ベルナルダン・ド・サン・ピエールの「ポールとヴィルジーニー」を読んだ。一度目は美しく悲しい物語だった。二度目は救いのない恐ろしい物語だった。そして三度目は、絶望の底に青いやすらぎのある物語だった。

○

ルソーに深く影響されたと云われるベルナルダンが生涯をかけて築いた自然は、主要人物と共にあっけなく崩れ、荒れ果てた岩だけを残した。ポールとヴィルジーニーは勿論、二人の母親も、奴隷も、犬も、楽園も死ぬ。たった一人生き残った話者（老人）も、認識の果を彷徨う死者にすぎない。

○

死は正当化されない。とりわけポールにとってヴィルジーニーの死は、老人の努力に拘らず不条理なものであった。死は強い自然の力として、二人の愛と純潔のためやって来たのだ。そして愛し合う二人の存在を凌駕して一つのものとなった。しかし、自分の存在だけでなく愛の対象をも凌駕する愛、このような愛を果して愛と呼ぶことが出来るだろうか。ポールにとってヴィルジーニーの死が不条理であったように、私にはこれらの選ばれた強い愛だけが愛だと納得出来ない。もし神が、これらの愛のみを望むなら、私たちの周囲から「ラモーの甥」や「九等官マルメラードフ」は絶えないであろう。

○

科学の進歩は、ひとびとに死を単純に正当化する習慣を与えた。古代人や中世の人間のように、死の不条理さを不条理として畏敬し祈る姿勢はなくなった。ひとびとは胃癌や急性腹膜炎が死に価すると思っている。一片の死亡診断書の正確さは、死を正当化しているのではなく、死の外側の属性を説明しているだけなのだ。この診断書で死を正当化し死の本質をすりかえるのは、生を冒瀆することにならないだろうか。

○

現代の不安は真昼の明晰さに対する怖れである。例えば浮薄な性科学は愛を夜から追放した。愛や死を学ぶ者はなく、愛や死のさまざまな属性が全体とは無関係に鋭い光を当てられている。だから、一つの愛、一つの死は、一つの生としてそれ自身のフォルムを完成することが出来ないまま、自動車修理工場の部品倉庫に抛りこまれている。

○

詩人はナルシストでなければならない。二枚の鏡の中の差し向いの孤独に耐えねばならない。死に向って傾斜する閉された愛を学ばねばならない。

だが、他者とは自分の欠如したもう一人の自分であり、愛は自己愛にすぎないのか。

（一九六〇年六月）

「白鯨」六号

アンリ・バルビュスは彼の著「地獄」の中で、「ひとは互に愛し合うことによって、地上の貧しさをひとつの富に置き変えた」と云っている。詩も、いや芸術と呼ばれるものも、そのようなものではないだろうか。少なくとも私は、地上の貧しさを富に変えるような詩を書いてみたい。一つの詩を書きあげる度に、私の貧しさが少しずつでも富に置き変わるものなら、もはやそれ以上美しいことはないように思われる。あるいは逆に、一つの詩を書きあげる度に貧しさがかえって加算されるかも知れない。けれど私は、幾篇かの詩を書くうちの一篇でも、それがひとつの富に変わる可能性があれば、詩を書くことを止めないだろう。

（一九六一年六月）

「白鯨」七号

夕方、自転車に乗って街へ出た。私の寮は海から二、三百メートルの所にあり、街のはずれまでには一キロ余りある。寮をでると真直ぐに舗装された道路が田んぼの中を五百メートルばかり続いている。正確には街に向って道の右側が田んぼで、左側には工場の廃液が流れている。私は自転車に乗ってそこを走っていた。

○

すると私の顔にちいさなくもがぶち当った。私はくもの糸を払うために二、三度顔を撫でたので、それがくもであることには間違いなかった。しばらく走ったあとで私は、それが確かに一匹のくもであったということに、奇妙な恐怖を感じた。

○

くもは糸の端にぶらさがっていたにちがいない。けれどその糸はどこから何を起点としてさがっていたのだろうか。私は舗装された道路の上を自転車に乗って走っていた。道の右側は田んぼで左側は廃液の流れている小さな川である。川の向うには社宅が続いており、そこには木や電線があるが、川をはさんでこちら側には勿論そのようなものはない。見あげると深い夕ぐれの空があるばかりだ。

○

夕闇の空のどこかで一匹のくもが生れる。くもは空の一部に巣をかける。糸を後足で風の角にかけながら。かけ終るとくもは巣の中央で成長を待った。かれを宙に支えているのは木の梢でも風でもない。それはかれがまだかれ自身でなかった幼年時代の軽さだ。

青年になったとき、くもは美しい闇のふかさに足をとられて落下した。一本の糸をひきながら地上の闇へと墜ち始めた。堕落することによって、くもは初めて自分の重量を獲得したのだ。そのときからかれは、自分を生んだ夕闇の空にこがれ——。けれど糸を逆にたどるにはかれの罪はあまりにも重すぎるのだ。

くもは糸の端にぶらさがっていた。そして糸はどこから何を起点としてさがっていたのかもうかれも忘れて思い出せない。

私は街に向って舗装道路の上を走っていた。いや私も又かれと同じように墜ちているのではないか。そしてひとは墜ちることによってのみ、存在の重さを加えていくのではないだろうか。生きることそれ自体が既に堕落であるなら、それを贖うにはさらに罪を重ねるしかない。

（一九六一年十月）

「白鯨」八号

先日古本屋でブレイクの聖画集を見つけて買った。この本には素晴らしい絵が何枚かあったが、私はそれらの絵を観ながら何か物足りない気がして来た。なかでもヨブ記に関する何枚かの絵は事実私の心を打ったのだが、やはり聖書のそれには及ばない。いつかシャガールの旧約聖書に関する石版を、美術雑誌で観たときも同じような気がした。

私はつねづね絵や音楽のように言葉を媒介にしないジャンルの芸術をなぜか羨ましく思っていたが、聖書のように言葉でしか捉えきれない固有の領土があることを、前記の経験でやっと知った。勿論、逆も又真なりで、いかに美しい詩句もバイオリンのようには響かぬわけだが…。

（一九六二年二月）

「白鯨」一〇号

「初めに言あり」というヨハネ福音書の冒頭の一句ほど、言葉と世界の関係を正しく示しているものはない。言は神と共にあり、言は神であった。そしてすべてのものはこれによってでき、できたもののうちこれによらないものはなかったとある。言はまた光でもあったのだ。ここに、真の創造のプロセスがある。云うまでもなく、ここに云う「言」とは、ロゴスの意である。現代において、詩を書くと云うことは、この創造のプロセスを逆にたどることだと信じている。だから詩にとって言葉は認識の手段ではなく、それ自体が創造の目的でなければならない。なぜなら、世界とその存在形式は、主語と述語の関係でしかあり得ないからである。

ヨハネ福音書で、さらに興味のあることは、ヨハネの立場である。彼は光ではなく、従って言（ロゴス）でもない。ただ、言について証しをするひとなのである。いつまでも、それによってすべての人が信じるため「荒野で呼ばわる者の声」であること、これこそヨハネの栄光であり、悲しみであったのだ。私は詩人の仕事も、そのようなものではないかと考えている。（一九六二年八月）

Ⅱ　詩誌「赤道」編集後記・抄

「赤道」四号

「イスラエルの現代詩・10編」は、昨年一年間をイスラエルのレホボトで過した片瀬博子が、彼地で求めた詩の本から選んだものである。味読ねがいたい。

これらの詩からは、いまなお旧約の調べを聞きとることができるが、勿論それだけではない。第二次世界大戦あるいはイスラエル建国の戦いが、この受難の民の上におとしている影も見逃すことはできない。

○

中東戦争で、イスラエルはいままた世界の注目を集めている。とりわけ、聖都エルサレムの去就は、アラブ難民問題と共に中東平和の鍵である。イスラエル政府の政策の是非は別にして、エルサレムがいまなお約束の民の生きる中心であることは否定できない。

バビロン捕囚時代、捕囚者たちがバビロン川のほとりで、遠くシオンを思い涙しながら歌った「エルサレムよ／もし私があなたを忘れるならば／わが右の手を衰えさせて下さい／もし私があなたを思い出さないならば／もし私があなたを最高の喜びとしないならば（詩篇一三七）」というエルサレムへの心情は、単なる故国への郷愁とは別の実存的感情に基づくものである。

エルサレムは、最初「サレム」と呼ばれていたと云う。詩篇に「神の幕屋はサレムにあり、その住居はシオンにあり」とある。サレムは「救い」を意味する。だが、この地に真の救いが訪れる日はいつのことか。

（一九六七年八月）

「赤道」五号

シモーヌ・ヴェイユは、「奴隷的でない労働の第一条件」の中で、労働がつねに必要のための手段であるかぎり、この世界に究極性が入りこむことはできず、幸福はどこにもない、と嘆いている。たしかに労働者の不幸は、「食べる必要があるというだけで働いている」労働の条件の中に本質的に内在しており、ヴェイユのいうように革命や改革によりとり除くことのできない要因に基づくものであるが、それは労働の条件の中のみではなく、労働そのものにも内在しているのではないか。

機械工が一日中そして毎日同じ大きさに鋼棒を削るのも、事務員がその労働者の賃金を計算するのも、その無意味さと反復性において人間性をむしばみ、倫理感を下落させる。ヴェイユが労働の理想とした芸術家の手仕事も本質的には例外でない。ただ、後者の労働が比較的単調さに耐えやすいのは、労働そのものの質的な差異によるものではなく、労働の中に労働の単調さや苦痛に見合うだけの幻影を導入しやすいからにほかならない。

労働は悪であり、ひとは古くからそれを知っていた。帝国が奴隷に、資本家が労働者に強いてきたものを、労働者もまた自らに強制しなければならないだろう。いずれにしても、それなしには成立たぬ生の存在が、もともと幸福とは何の関係もないのだ。地ははじめからのろわれてある。

（一九六七年十二月）

「赤道」六号

田中詮三氏から同人辞退の申し出があった。氏は私が生れてはじめて会った詩人であり、以後十年余り、私は絶えず氏の熱情ときらめきに魅惑されてきた。
氏は突然炉のように熱くなり、そこからあふれでる氏の詩は、たしかにどこか奇妙で理解しにくい。言葉は氏の肉体を通る間に磁励されるのか。その論旨はヒステリシスカーブのように再び原点に帰ることができない。私たちに分るのはその軌跡のかがやきだけだ。だが詩とは、本来言葉のきらめきのことではないか。

今日、明晰な論旨や、正常な人間の故意の狂気、難解さは豚に喰わせるほどあるが、言葉のきらめきをもつ詩は少ない。氏の詩の美しさが氏の全く関知しないところにあるだけに、氏がこのまま詩から離れることができるとは思えない。

（一九六八年四月）

「赤道」一八号

昭和四十四年の一〇号以来本誌の編集、発行をしてきた杉谷昭人が勤務の都合でこの四月宮崎市に転居した。このため、「赤道」一八号からふたたび私が編集することになり、発行所も下記に移した。よろしく。

五月二十五日の日曜日、本多利通、寿ご兄弟と一緒に祝子の黒岩園に久しぶりに渡辺修三氏を訊ねた。実は、私の二番目の詩集「虻」を届けにあがったのである。二、三年前患った病気も、最近はすっかり回復された様子で、今年もまた見事な新緑の飛沫をあげている黒岩園の入口の大きな楠の木のことなどを話された。「黄金樹木ですね。」と私は訊ねた。かつて渡辺さんが書かれた「黄金樹木」という短い美しい文章を思い出したからである。

帰って、早速古い詩誌「花束」を繰ってみた。一九五六年五月十五日の発行日付がある同誌六号に「黄金樹木」と題された編集後記があり、「明るい雨の中で新緑の木々がかがやきわたっている。黄金樹木といった感じだ。」と記されていた。黄金樹木は特定の木を指した言葉ではなかった。だがなぜか私は、永い間あの楠の木をそう思いこんできたのである。

（一九七五年七月）

「赤道」一九号

イギリスの自然科学誌「ネイチャー」には、毎号 A hundred years ago という小さなコラムがある。この欄には、歴史の古い同誌のちょうど百年間に当る号の記事が紹介されていて、百年の時の距りが自然科学の進歩という尺度で測られる仕組になっている。ネイチャーの昨年五月一日号の同欄は、一八七五年五月六日号同誌所蔵の面白い手紙を概略次のように紹介している。

…D・ピジョン署名の「稲妻に打たれて」と題されたこの手紙は何ら理論的裏付けがないため一層値打ちがある。昔は、樹枝の印が人や動物にあらわれると、必ず付近にあるその印そっくりの樹のせいにしていた。たとえば、一八六六年九月十日付タイムズには、雷雨を逃れて樹陰に身をよせ、稲妻に打たれた少年の記事がある。少年の体には、樹や繊維素や葉や枝の写真のように精緻で完全な影像が見られた。

この記事を読んで以来、私は純潔な少年の死体に浮びあがった樹木の精緻な影から逃れられないでいる。風が吹くと、白い皮膚の上で小波のように揺れる梢が見えるようだ。

今号から、旧同人田中詮三が「赤道」に復帰した。また一緒に仕事ができるのが楽しみである。

（一九七六年三月）

「赤道」二〇号

六月五日、六日の二日間、福岡市で行われた第六回の九州詩人祭に出席した。延岡から本多利通、本多寿、私の三人、宮崎から金丸桝一が加わり、四人で同じ汽車に乗った。七年前に病気して以来、長い旅行を避けていたので少し疲れたが、楽しい旅だった。

九州詩人祭は、私には初めての参加だったが、作品を通してしか知らなかった多くの詩人に会えて嬉しかった。とりわけ、「赤道」の同人である野田さんに初めてお目にかかれたこと、同じく片瀬さんには八年ぶり二度目の再会ができて、本当によかった。長い間一緒に雑誌を出しながら、いままで一度も会う機会がなかったのが不思議なくらいである。懇親会を途中から抜け、三人で近くの喫茶店にはいった。一時間ほどとりとめのない話をして別れたが、それでも今までとは違った心のつながりを得ることができた。

それにしても、あれだけ多数の参加者のお世話を願った福岡県の詩人諸氏のご苦労は大変なものだったと思われる。改めてお礼を申し述べたい。「詩はひとり読むべし、詩人を訊ねるべからず」という言葉を読んだ記憶があるが、機会があればやはり直接会って話すのは楽しい。エピクロスの賢者の楽しみとまではいかないにしても、これを機会にたくさんの詩人にお会いしたい。

（一九七六年七月）

「赤道」二一号

藤井旭著、科学アルバム「星の一生」を見ていた小学生の息子が、「太陽が燃えつきたらどうなるの」と聞く。

本をのぞきこむと、太陽はいまほぼ五十億歳で、あと十億年くらいは輝きつづけると書いてある。太陽消滅後の地球、いや地上の生物の運命など、むろん何も書かれていない。砂時計の時は半分を過ぎると急に速く感じるものだが、太陽の余命は半分を過ぎてもさすがに長く、つい永遠と混同しがちである。だが五十年先でも五千億年先でも、この世に終末がある点では同じである。

個体の死というひとつの終末には、日常、困難ではあるが耐えている。他の生物の生態をみれば、個体の生が種の保存以外に格別目的を持たないことが分る。人間も例外ではない。しかし、太陽が燃えつきたら、保存された種のすべてが終末に立会うことになるだろう。この宇宙から生命が絶え、見つめるものがいなくなっても、なお星々は変らぬ美しさで輝きつづけるだろう。

地上には、いま生存をおびやかされている者がいる。五十億年先の太陽の消滅など考えても仕方ない、と非難されるかも知れない。だが生存を支えあうやさしさは、このはるかな絶対的終末からの照りかえしのなかで、はじめて意味あることのように、私は思う。

（一九七七年三月）

「赤道」二二号

心の暗い日にはチェーホフを読む。チェーホフの短編の暗鬱なやさしさが、私の気持をしずめてくれる。

「いいなずけ」はチェーホフ最後の短編である。平凡な娘ナージャが、ついにある朝、善良ではあるが何のとりえもない婚約者と訣別して町を出る。ナージャの心を変えたのは毎夏モスクワから彼女のうちに静養にくるサーシャである。作者と同じ結核患者のサーシャは、「台所では、四人の女中が寝台なしでじかに床のうえに寝ていても、誰ひとり何もせず一日中ぶらぶらしている生活が、いかに罪深いかを語る。「大事なのは生活を変えることで、そのほかのことはどうだっていいんです」と云う。いくいくはこの町も徹底的に破壊されて、大建築や公園や噴水ができ、かつてそんな罪深い生活があったことを思い出す者もいなくなり、住民のひとりひとりが自分が何のために生きているか知るようになる、と考える。

サーシャをチェーホフと同一視することはむろん危険である。医者であるチェーホフは、この世に不治の病があるように、人生には決して答えることのできぬ問題があることを知っていた。サーシャほど単純に歴史の進歩を信じていたとは思えない。それでも晩年のチェーホフが、来たるべき「理性の時代」を信じようとしていたことは確かである。「トルストイは手まで偉大である」と云って、空疎な尊大さを揶揄したチェーホフの理性は、ある意味で十九世紀の科学精神の健康さを示している。宮沢賢治もそうであるが、チェーホフのなかにあっても、自然科学者はちょっぴり文学者より楽観論者だったのかも知れない。そう思うと、私はなぜかホッとする。（一九七七年八月）

「赤道」渡辺修三追悼号

渡辺さんが亡くなって、はやくも五ケ月が過ぎた。祝子川の岸辺に、詩人のいないはじめての春が訪れようとしている。

渡辺さんのもとで詩を学んだ私たちが、「渡辺修三追悼号」を出そうと思い立ったのはごく自然だった。だが編集をはじめてみると、「おれはいやだよ。」と渡辺さんが反対するに決まっているという妙な確信が一方にあって弱った。それがまた、渡辺さんから私たちが学んだ「詩と詩人」のありかたでもあったからだ。にもかかわらず発行にいたった経緯について、いま弁明するつもりはない。

「渡辺修三追悼号」は、渡辺さんの作品、追悼文、年譜で構成した。作品の掲載は、今回は八篇にとどめた。追悼文は、戦前の「詩之家」「リアン」「詩と詩論」時代の詩友、帰郷後の九州を中心とした詩人、延岡、宮崎の詩人以外の友人等によせてもらった。年譜の作成にあたっては、実に多くの関係者から貴重な資料、教示をいただいた。ご芳志をよせてくれた人もいた。ご協力いただいたすべての方々に心からお礼を申しあげる同時に、渡辺さんの詩、短歌、散文を読みたいという声もあった。渡辺さんの本は、どれも発行部数がきわめて少ない。未収録の詩、散文も多い。「渡辺修三著作集」の刊行はこれからの仕事となろう。

（一九七九年四月）

「赤道」二七号

三年ぶりに、再び「赤道」の編集、発行を担当することになった。編集といっても、わずかな同人の作品を集めて単純に並べ、年に一、二度発行するだけのことである。毎号、格別の企画や工夫をこらすわけではない。それでも、しばらく編集をはなれてまたその責に当るとなると、ちょっぴり改まった気持になるから不思議である。

○

号末に渡辺修三著作集から「小曲集」を編んでみた。実は、渡辺修三著作集は目下刊行準備中で、この八月に第一巻が出る予定である。「小曲集」収載予定の文字通り小曲は、あちこちで色紙に書いたものやメモの中から拾われたものであるが、ここに収めたのはその一部である。

渡辺は西條八十に師事、先だって亡くなったばかりの寺崎浩や佐伯孝夫等と詩誌「棕櫚の葉」を創刊。のちに佐藤惣之助の「詩之家」によった詩人である。小曲には両師の影響があるかもしれない。

それにしても、最近こういう詩も書ける詩人は少なくなった。戦後詩は真面目すぎて、この種の詩のたのしみを失ってしまったらしい。真面目なのはいいが、詩人の思想の一貫性などに本気で拘泥するとすれば、名辞矛盾もいいところである。少なくとも、出来事（詩もそのひとつ）の必然性より蓋然性を信じる気がなければ、詩など書いてはおれないからである。

（一九八一年四月）

「赤道」二八号

昨日、十姉妹が死んだ。

十一年まえ、そのころ住んでいたアパートの階下の小鳥好きの奥さんにつがいで貰った一羽である。連れの方は五年ほどまえに死んでいる。十姉妹の十一年が人間の何歳にあたるかは知らない。だが一週間まえから木のうえでも肩で息をついていた。家内が見つけたときには、もう息をひきとって鳥かごの隅にひっそりと横たわっていた。連れと同じサザンカの根もとに埋めてやった。

小鳥にかぎらず、動物の死には自然なやすらぎがある。かりに病死であっても自然死のような印象を受けるのは、かれらが言葉を持たないから、生きるためにも死ぬためにも詩を必要としないから。そう思う。

○

昨年の秋だす予定だった「赤道」二八号は、半年も遅れてしまった。

今号には山下耕平氏から寄稿を願った。氏は宮崎出身であるが現在岡山市に在住、詩誌「裸足」の同人である。一篇でも同人外の作品があると、雑誌全体に緊張が感じられる。

号末には、前号につづき「渡辺修三著作集」第二巻・未刊詩集篇から「狐」一篇を転載した。「著作集」は、宮崎の鉱脈社からすでに第一巻・既刊詩集篇と第四巻・散文I「詩精神について」が刊行されており、近々前述の第二巻がでる予定である。全巻（五巻・別巻I）が完結すれば、詩人の生涯を示す軌跡がうかがえるはずである。

（一九八二年五月）

「赤道」二九号

六月所用で甲府に行き、山梨県立美術館で評判のミレーの絵を見た。『落穂拾い』『種まく人』『仕事にでかける人』『羊飼いの女』などのエッチングを見ながら、「そうだ、ミレーの『晩鐘』こそ真実のものだ。あれが美だ。あれが詩だ。君はどんなに讃美してもいいのだ。大抵の人は、まだ讃美したりないのだ。」と、テオへ書き送ったゴッホの言葉を思いだした。

これまで泰西名画の典型くらいにしか考えてもみなかったミレーの実際の作品は、生活や労働を感傷を排したリアリズムで描いたものであり、その祈りの悲惨さはミレー以前の絵画の中の牧歌的な農作業とは全く異質なものであった。

同じ会場で、『シュールレアリズムの巨匠たち展』が開催されていた。マグリットの作品などはそれなりの知的な面白さを感じたが、「芸術は時として自然以上の高さにまで昇る。たとえばミレーの『種播く人』だ。あの絵には、畑にいる普通の種まく人以上の魂がある。」と、ゴッホのいう魂を感知することはできなかった。自然を忠実に描こうとして自然を越えた一九世紀の画家に対し、画家が最初から超自然を描こうとして魂の不在しか描けない二十世紀は乏しい時代である。

（一九八三年九月）

「赤道」三〇号

今号には、昨年の八月に亡くなった詩人潮田武雄の追悼集を編んだ。潮田と「赤道」のかかわりは、もとはと言えば六年前に亡くなった当地の詩人渡辺修三を通じてであるが、渡辺の死後も同人各自がそれぞれの形で潮田を畏敬してきた。

潮田武雄は一九〇五年、東京羽田の生まれで、佐藤惣之助の「詩之家」の中心メンバーであった。大正末から昭和の初めにかけて、モダニズム詩の先駆をなした詩人のひとりで、代表詩集に「Q氏の世界」がある。また、「詩之家」の仲間である竹中久七、久保田彦保（椋鳩十）、渡辺修三と四人で「リアン」を創刊、その主知的作風とともに初期「リアン」を代表する詩人でもあった。

面白いことに、「リアン」創刊同人のうち竹中をのぞく三人までもが、戦後は宮崎、鹿児島といった南九州に住み、「リアン」創刊精神とでもいうべき三人三様のラディカリズムを示してきた。私たちが学んだのも、正にこのラディカリズムであったような気がする。

追悼集には、夫人の潮田ヨシ氏の好意により、各期の代表的な作品に加えて、晩年の遺稿の一部を掲載させて貰った。また「詩之家」時代からの友人である椋鳩十氏からは、若き日の潮田と当時の雰囲気を伝える一文をいただいた。両氏へのお礼とともに、ささやかではあるが、この追悼集をもって、故人のご冥福を心からお祈り申しあげる。

（一九八四年六月）

「赤道」三一号

昨年は二月に持病を再発させ、四月についに一ヶ月ほど入院した。退院後も本調子といえないままに一年が過ぎ、本誌も一年間以上休刊してしまった。その間それでも同人みんなで、「潮田武雄遺稿詩集」の編集をしたりした。本は近いうちに宮崎の鉱脈社から出版される予定である。

この潮田さんの年譜のことで藤田三郎氏に問い合せの手紙をだし、ご返事のかわりに夫人からの電話で氏の逝去を知ったのは十月だった。藤田さんは潮田と同じく佐藤惣之助の「詩之家」から「リアン」に参加、昭和八年完全な非合法出版として再出発した後期「リアン」の四人のメンバーの一人、署名R一〇四である。戦後は「詩の家」を復刊した。私は先に刊行された「渡辺修三著作集」編集の際にもいろいろとご教示いただき、八月には以前藤田さんが「詩の家」に発表した潮田武雄追悼文の転載許諾のハガキをもらったばかりだった。

藤田さんは、戦後の渡辺の陶淵明や寒山への回帰、潮田の道元への傾倒を最後まで容認しなかった。それをモダニズムからの後退とみて、詩を歴史的発展のなかで考えようとしなかったことを嘆いた。いつか私が拙著「方法」を送ったとき、「詩を小説、戯曲と同列のジャンルとしか考えない世の中で、文学の方法という認識まで踏込んだ」と、大変喜んでくれた。むろん拙著には過分の言葉であったが、詩を超歴史性の中に解消することを断固拒否してきた詩人の言として私はうれしく読み、いまでは忘れられない言葉となった。心からご冥福をお祈り申し上げる。（一九八六年四月）

「赤道」三二号

八月の終りに、生後二カ月足らずのペルシャ系メス猫がわが家の一員に加わった。白毛に薄いクリーム色の混じった具合が月面の海のように見えるので、ルナ（月姫）と名付けた。先に飼い犬を病気で死なせた時には、もう生き物を飼うのはご免だと言っていたのに、ルナを見るなり家族全員がその虜になってしまった。

飼ってみて分かったことだが、犬と猫とでは大違いである。犬はまさに忠僕の感があって飼い主を喜ばせてくれたが、気紛れな猫はこちらの勝手にはならない。ならないどころかたちまち女王のごとく君臨し、いまではこちらの方が下僕である。

悔しくもあるのでよくよく観察してみると、気紛れのもとは猫の共時的時間感覚にありそうである。つまり、こちらは（犬も人間に訓致した度合だけ）時間を通時的に感じがちなのに、猫にとって時間はその時々の共時的現象以外の何ものでもない。人間がすぐに納得できる因果律がすべて言葉の通時性によるものであるとすれば、共時的振舞いが気紛れにみえるのは、当りまえといえば当りまえである。

共時的出来事はもともと非論理的で、独立、平等である。目前のテーブルの上に赤い鉛筆があることと、すぐ横の花瓶の縁が割れていることの間には、何の因果関係もない。主従をはなれて、ルナとの自由な共生を楽しむには、どうやら通時的奴隷の論理を脱却して、共時的出来事をそっくりそのまま、無条件に受入れることが肝要のようである。

（一九八七年一月）

「赤道」三五号

最近、原稿を書くのにワープロを使っているひとが少なくない。私もワープロ、あるいはパソコンで原稿を書きだして、五年余になる。その間、ハード三回、ソフトにいたってはいくつ買ったか分からない。

ひとに押しつける気はさらにないが、ワープロには少なくとも私にとって二つの利点がある。先ず加除訂正が自在であること。書いたり消したり、益もないことを繰りかえす習性にわが身を持て余している私には、これはありがたい。次に、誤植が少なくなったこと。悪筆のため、必ず一、二ヵ所の誤植は免れなかったが、とにかく減った。

しかし、そんなことは別に、ワープロで書く場合とペンで書く場合とでは、思考の流れに本質的な差異が生じるような気がする。いまのところ、何か分らぬその差も、私には好ましい。

（一九八八年七月）

「赤道」三六号

暮れに体調をこわして、正月からこちら休日は横になっていることが多い。今日は久しぶりの雨である。

半年あまり放りだしておいた本誌の編集にようやくの思いで手を出そうとしていたら、詩誌「舟」が送られてきた。「舟」に同封された西一知さんのリオナルド・ダ・ビンチに関する文章は、新鮮だった。西さんは、リオナルドの並はずれた才能の特徴を、何かまとまったテキストの完成にではなく、驚きと好奇心の持続にあったと指摘している。実存が外部に対する感覚の媒介なしに成立しないとすれば、世界そのものが断片的であるとさえ言えよう。

今日のような暖かい日でも、私は持病の肝臓による不快感や間接リウマチの痛みに襲われることがある。幸い二つを同時に感じることはない。その時々の強い方の刺激に全身が占拠される。大げさに言えば、世界はスイッチの開閉で入れ替わる静止画像のように断片的で、画像間に論理的構造、関係はない。とこれはまあ、私のニューロネットが粗略で、情報の並列処理ができないだけの話かもしれないが、それでもこれらの断片を無理に体系的、統一的に記述しようとすれば、恣意的不純物の介在は避けられない。一般に想像力をほしいままにすることを詩的としている向きもあるが、詩の純粋性とは、恣意的不純物の介在を許さない、言葉の直接性のことではないだろうか。

（一九八九年二月）

「赤道」三七号

六月四日未明、本多利通が死んだ。早朝の電話が本多の勤め先の消防署からだったので、とっさに殉職かと早合点したが、自転車から落ちての事故であった。

本誌掲載の遺稿は、その二週間ほど前、いつものように「みえのいますか」と職場に持ってきたものだ。仕事中だったから、「やあ」「うん」と言って別れた。彼は電話でも私を呼び捨てにするので、「身内の方からですよ」と、よく誤って取り次がれた。

「赤道」はこの三十七号をもって、終刊することにした。終刊と本多の死に直接の関係はない。以前から同人に打診していたことだ。しかし、今となっては無関係とも言えないだろう。同人誌であるからには、「赤道」にも創刊に当り何ほどかの共通する思いがあった。その思いをともにした創刊同人の一人が欠ければ、終刊が一番自然である。その日のうちに、宮崎市から駆けつけた金丸、田中、杉谷の考えも全く同じだった。

「赤道」の創刊は一九六六年だった。いつの間にか二十三年もの歳月が過ぎてしまった。文字どおりたどたどしい足どりだったが、心に止めてくれる読者がいなければ、それすら不可能であっただろう。心からお礼を申しあげる。

なお、「本多利通追悼号」は「赤道」別巻として、改めて刊行する予定である。（一九八九年八月）

Ⅲ　詩誌「枝」編集後記・抄

「枝」一号

以前、昭森社の大村達子さんから「本の手帖」という美しい雑誌をいただいたことがある。同じ詩の雑誌をだすのならこんな美しいものをと考えていたら、本多企画の本多寿氏から詩誌刊行の話があった。さいわい創刊号には、日頃敬愛している詩人の寄稿を得ることができて、夢が実現した。

先日、小柳玲子さんから画廊「アトリエ・夢人館」で、五月十七日から二十八日まで開催される「ロシナンテ同窓会展」の案内状が届いた。三十五年あまりまえ、詩誌「ロシナンテ」に集まった詩人たちの絵画展である。

詩誌「ロシナンテ」は、いまの「現代詩手帖」の前身である「文章倶楽部」の投稿者が集まった同人誌であった。そのころ同じように「文章倶楽部」に投稿していた私は、「ロシナンテ」に集まる石原吉郎、岡田芳郎、勝野睦人といった俊英詩人たちの活躍を、半ば羨望の思いで見ていた。一度は上京して、日向出身という河野澄子さんに電話し、竹下育男さんと一緒に会ってもらったこともある。

同じ投稿者といっても、私はいつも佳作欄AとかBに、名前だけが小さく印刷されているにすぎなかった。いつだったか、小柳さんにその話をすると「あら、投稿したひとはみんな佳作欄に掲載されていたのよ」と笑われた。それでもあの投稿欄が、当時の私にとって一条の光が差しこむ窓であったことにかわりはない。

（一九九三年五月）

「枝」二号

落葉記

半年以上にわたったインターフェロンの治療が、あと二週間で終わる。食欲不振、筋肉痛、発熱、倦怠感、脱毛等々、副作用に悩まされたわりに、症状には改善のきざしがない。おまけに、肝臓に朽葉のような血管腫まで見つかってしまった。

活動性の慢性肝炎で最初に入院したのは、一九六九年の夏だった。C型肝炎ウイルスが発見されていない頃のことで、非A非B型と呼ばれていた。東京での一年近い入院生活の間、たまたま隣りのベッドに当時大学の講師をしていた塩田勉さんが入院してきた。塩田さんは、検査が終わると二週間たらずで退院した。以後お会いしたことはないが、いまも著書をいただいたり、拙作を読んでもらったりしている。こんどはまた美しい散文を寄せてくれた。

小学校の最初の学年の秋であった。算数の時間に、銀杏の葉を集めるためクラス全員で神社にでかけた。十枚一組にそろえて赤い糸で束ねるのだが、それがうまくいかない。十組そろった班から帰宅できた。神社は生家のすぐ近くにあった。何がうれしかったのだろう。生け垣をくぐり、屋敷の花壇をピョンピョン跳ねて帰った。

（一九九三年十一月）

「枝」三号

観音堂

父と兄の十六年祭で久しぶりに大分の生家に帰った。だれも住んでいない屋敷は、すっかり荒れはてていた。私の小世界であった庭や薪小屋は跡形なく、菖蒲にかこまれた睡蓮の池の上には、他家の新しい家が建っていた。ただひとつ、母屋の前の二坪足らずの小さな観音堂だけが昔のままである。

集まった姉弟から、しばらく先祖の御霊を宮崎の私の家で預かってくれとの話がでて、昔からお世話になっている大分社宮司の長山先生に相談した。

「それはどうでしょう。」

先生は『大分県社寺名勝図録』という分厚い本を開いた。私の村の頁に「大友能直公祈念仏、観音堂」と記された絵図があった。能直公は大友家の初代で、あの大友宗麟はその二十一代目にあたる。とりわけ、十二代の持直公は観音信仰が厚かったと注記されている。簡単にはいきそうもない。

それにしてもである。依頼主はいなくなっているのに、八百年近くも観音堂を守ってきたとすれば、呆れた話である。生前の祖母は熱心に経をあげていたが、合理主義者であった父はあまり頓着しなかった。観音堂の戸板の破損の大部分は、私たち兄弟のキャッチボールのそれ球によるものである。

今も時折り巡礼が訪れるらしく、隣村に嫁いだ姉夫婦が掃除にきている。しかし、この先どうなる。この屋敷で育った記憶のない子供たちに押しつけるわけにもいくまい。「あれは不吉観音だ」と言った父の言葉が、柿若葉とともに妙に生々しくよみがえってきた。

（一九九四年七月）

「枝」四号

佃学さんの訃報に接して驚いている。本誌の校正をしていたら、発行元の本多寿さんから電話があった。金丸桝一さんからの伝聞らしく、「舟」七七号のあとがきで西一知さんが報じているという。西さんが連絡を受けたのは九月二十五日、先ほど直接電話を入れてお話をうかがった。

佃さんとは面識はないが、突片状のことばが散乱しているような詩篇に惹かれていた。そんなこともあって、本誌に原稿をお願いしたのが七月の終わり頃だった。八月一日付でワープロ打ちの受諾のハガキをいただいた。追っかけるように、八月二十五日付の消印のある封書で掲載詩の原稿が届いた。添書きに「ようやく暑さも峠を通り越してしのぎやすくなってきました。お申し越しの原稿、まだ締め切りには少し間があるのですが、同封いたしますのでよろしくお願いいたします」とある。水面に浮かぶミズスマシと葦を薄墨で描いた俳画のようなふしぎな絵がそえてあった。

締め切りは九月二十日だったので、早いには早いがさして気にもとめずお礼のハガキを出した。改めて作品を読み返してみると、思いもかけぬメッセージが立ちのぼってくるのだが、深読みは不謹慎であろう。佃さん、さようなら。十月二十二日記す

（一九九四年十一月）

「枝」五号

荒地

英語で詩を読むほどの語学力を私は持たないが、エリオットの（The Waste Land 1922）を「荒地」としているのには、以前から腑に落ちない気がしていた。三木露風の詩集「廃園」にならえば、「廃地」とか、いっそ「廃都」とすれば詩集の内容にふさわしいような気がする。

いうまでもなく、この詩集の主題はロンドンである。巻頭詩の六十行目で〝Unreal City〟と呼ばれている霧の都、有閑マダムのおしゃべり等々、すべてはこの爛熟しきってすえた匂いすら漂いはじめていた生活感の乏しいジョージ王朝のロンドンの情景に他ならない。少なくとも空襲で瓦礫と化した敗戦直後の東京とは趣を異にする。むしろ五十年後の今日の消費都市東京をこそ思わせる。仮にこの詩集の邦訳名が「廃都」であったら、戦後詩はあるいは変わっていたかもしれない。

念のため手元の辞書を繰ってみると〝waste〟には「荒れた」という意味もあるし、逆に「荒」

にも「廃れた」といった意味合いがないわけではない。ただ私が日頃接する技術文献などでは、〝waste〟はほとんど廃棄物とか廃水といった用語に用いられている。「荒れた」と「廃れた」では少し違うような気もするし、詩集「荒地」が後者に近いと思うのは、五十年前小学生であった私の荒廃した精神の問題であろうか。

（一九九五年五月）

「枝」六号

キューピーラブ

友人のKはキューピー蒐集家である。京都嵯峨野の小倉山の麓に小さな『想い出博物館』を営んでいる。九月三十日、ここで日本キューピー倶楽部主催の第一回『キューピーエスタ』が開かれた。招かれて出かけたのはよいが、二尊院門前からJR嵯峨嵐山駅まで、キューピー行列のお供をして歩かされたのにはまいった。曇天だったからまだしも、あれで秋の強い日差しを浴びでもしたら、ダウンしていたに違いない。野の宮神社の周囲の静かな竹林と、キューピー御輿や幟、風船、チンタラ音楽の行列とのとりあわせは、奇妙という外はないが、それがまた人目をひいて面白かった。遠く本家アメリカのキューピークラブからも、二家族五人の参会者があった。

「羞ずかしいかと思ったけど、平気ね」

「キューピーラブかも」

見あげる少女に、長髪の青年が答えた。
ローズ・オニールによるオリジナルキューピーの誕生は、明治四十二年である。日本に上陸したのは大正の初め、以後今日まで、キューピーの人気が衰えないのは、日本だけの特異現象らしい。「キューピーの胴長短足の体型が、そもそも日本人向きなんだよ」と、Kは笑った。

（一九九五年十一月）

「枝」七号

矢車草

長雨の晴れ間に川岸の土手にでた。いつだったかそこで、ひとりの少年にであった。少年は小石をひろっては、川にむかって投げていた。三好達治の詩を思い出した。

夕ぐれ
とある精舎の門から
美しい少年が帰ってくる

暮れやすい一日に

てまりをなげ
空高くてまりをなげ
なほもあそびながら帰ってくる

閑静な街の
人も樹も色をしずめて
空は夢のやうに流れてゐる

少女の美しさは欠如の危うさをもっているが、少年の美しさは自足している。なにひとつ不足したものがなく、なにひとつ付加すべきものがない。矢車草の花のようだ。

（一九九六年五月）

Ⅳ　詩誌「乾河」エッセイ（一九九七年〜二〇一二年）

発明狂

五年ほどまえに勤めをやめて、今は宮崎県内の主な市を発明相談にまわっている。第一金曜日が延岡市、第二金曜日が日向市、第三金曜日が日南市、第四金曜日が小林市である。金曜日が足りないので、都城市だけは第四火曜日となる。

相談に来る人は、大部分が個人の発明家か小さな企業の社長さんである。面白いことに、どの市にも発明狂といった類の人がひとりかふたりはいる。客観的にみれば、箸にも棒にもかからない発明や考案が大部分であるが、いくら説得しても決してあきらめない。

最近は時代を反映してか、環境技術や健康に関する発明が多い。Tさんも、その種の発明家である。どの発明も万病に効くとくる。私は成人病の百貨店のような人間なので、「まず私が試しましょう」ということになるが、その効果はさだかでない。いつだったか、Tさんに普段の元気がない。二ヶ月ほど県立病院に入院していたという。「例のあれはだめだったんですか」と意地悪な質問をすると、急に目を輝かせて「医者に内緒であれをやったから退院できたんです」と胸をはる。

この種の発明は、仮に特許や実用新案がとれても、薬事法の関係上簡単に実用に供せるものではないが、笑ってはすまされない。

文化人といわれる人のなかには、江戸や明治の職人には敬意を表するが、現代の技術者には批判的な人が多い。しかし、今の技術者もそのメンタリティは職人気質とかわらない。最近は、宮沢賢治を科学者のようにいう人を見受けるが、賢治は科学者ではなく農業技術者である。専門知識の多寡を言っているのではない。眼前の課題に立ちむかうメンタリティがそうなのだ。

発明家は技術者というより夢想家に近いが、その創造活動は種の突然変異に似ている。ほとんどは何の役にも立たず泡沫のごとく消えてしまう。しかし、どこか狂気じみたその無方向、無作為的増殖が、未来における生存の選択可能性を高めている。善悪は別にして、技術革新のたびごとに地球の生存許容人口は増えているのだ。

（「乾河」十九号・一九九七）

哭壁

エルサレムのヨルダン側にある神殿広場には、哭壁、あるいは嘆きの壁と呼ばれる壁がある。哭壁がどんな由来をもつか知らないが、だれしも哭壁にむかって嘆きを訴え、涙を流したくなるときがある。そのとき哭壁は、それ自体が超越的存在であるにちがいない。

技術者は物理的実在しか信じない、と思っている人は多い。たしかに日頃あつかっているのは、鉄塊であったり、木片、石油であるが、これらを背後で支配しているのは法則である。法則はすべての実在に先立つ超越者であり、技術者にとっては目に見えぬ哭壁である。

なかでも厄介なのは、熱力学の第二法則である。エントロピーは一般に乱雑さを示す。あらゆる出来事は、水におちたインクのように、ほっておけば拡散し、エントロピーが増大する方向に進む。時間の矢印同様、逆向きになることはない。事実、私の部屋は一週間もたつと乱雑になるが、ひとりでには片づかない。

「人間は負のエントロピーを食べて生きている」といったのは、ノーベル物理学者のシュレジンガーである。実際、私たちは乱雑さの小さい食物を食べて乱雑さの大きい便をだし、このエントロピーの差分でもって生きている。生きるとは、生体を乱雑さの小さい秩序だった状態に維持する活動にほかならないが、困ったことにその分だけ、環境全体の乱雑さは確実に増えているのだ。

いま私は、ひょんなことから残飯の再資源化計画に係わっている。日本で残飯がでる量は、日本の米の生産量とほぼ等しい。残飯は、食べもしないのに食物が乱雑になった状態である。いちど乱雑になった残飯をもとの米にもどすことはむりでも、飼料や肥料まではもっていきたい。あとは家畜や植物にたよるしかないが、そこまでエントロピーを小さくするだけでも大きなエネルギーがいる。

「それで地球は少しはきれいになるの。」

「資源の消費をひきのばす効果はあるけど、エネルギー消費によるエントロピーの増大を考えると、何もしない方がましかもね。」

技術者にできることは、エネルギー収支の赤字を少し小さくする程度のことである。時に拳をあげて哭壁をたたき、天をあおいで涙を流したくもなるが、絶望はしない。小妻に言わせれば、心配なのは地球よりも、最近とみに乱雑さが増してきた私の方らしい。

（「乾河」二十号・一九九七）

水

一昔前だったら、水がビジネスになるなど考えもおよばなかった。水の悪い国を旅行した人から、あちらでは飲み水も金を出して買うと聞いて、日本はありがたい国だと思っていたくらいであるが、いまや日本でも水はビッグビジネスである。

市場にでまわっている成水機や活水機は数えきれない。この種の装置は、中空系による濾過や活性炭などの吸着剤を利用して有害物質をとりのぞいたり、麦飯石などと接触させてミネラル成分を付与する仕組みになっている。

最近では、水の分子集団（クラスター）を小さくして、水を美味しくする技術も注目されている。水はH_2Oという分子がいくつかくっついた分子集団のそのまた集まりである。個々の分子集団を形成する分子の数の平均値が、一〇個以下程度になると美味しいという説もある。天然水が美味しいのは、岩や地層で濾過されるうちにクラスターが小さくなり、ミネラル成分が溶けこんでくるからで、活水器も同じ理屈です、と言われると私などつい真に受けて買ってしまう。磁場を利用したり、遠赤外線のような電磁波を使って、クラスターを細分化する試みもある。

ある朝、取引先のSさんが単分子水という代物を持ちこんできた。その水の中では、すべてのH_2Oが一分子の形で存在するというのだ。分子集団の大きい水に比べると活性度が高く、単分子がたえず振動しながら動きまわっており、波動も強くて、まあ人間の健康にも大変よい、というのがうたい文句である。

気とか波動となると、もう信仰に近い世界である。私の手には負えないので、とにかくクラスターを測定してもらおうと、近くの大学の知り合いの先生を訪ねた。

「いや、これは測定しない方がよいでしょう。クラスターが小さいことが分かっても、それが生体に与える影響となると、雲をつかむような話です。はっきりしないから、商売になるのと違いますか。」

Sさんは納得しがたい顔でぶつぶつ言っていたが、さすがに大学の先生である。水のクラスターは核磁気共鳴装置で測るのだが、それとて相対的平均値でしかない。科学といっても統計的真となると、素人には雲をつかむようなところがあり、宗教にちかい。信ずる者は幸いである。大切なのは、単純で複雑な水のおかげで、Sさんが明日も商売をつづけられることである。

（「乾河二一号・一九九八」）

廃園

三月十三日に大分で入院中の母が脳梗塞で倒れた。言語障害と嚥下障害は残っているが、看病している妹の呼びかけには反応する。遠くに住む男の兄弟は何の役にも立たず、結局は近くの姉と妹が交互に看病している。

また、二十七日には従兄弟が心筋梗塞で急逝した。五十五歳だった。息子の結婚式を一週間後にひかえ、四月からは定年後の新しい職場も決まっていたらしい。

あれやこれやで久しぶりに大分に帰省した。住む者もいない生家にはよらなかったが、春になると私は、生家の小さな庭を思いだす。元気なころの母も、庭の草むしりを日課にしていた。母に残された記憶を知る由もないが、きっと私の顔や名前は忘れても、庭のたたずまいは残っているにちがいない。私とて、これまでの出来事がすべて白紙にかえっても、庭は記憶の最下層に透かし模様のようにとどまるだろう。何しろそれは、私にとって最初の外部世界であったと、言ってもよいからだ。

庭は、母屋から離れへ渡る廊下をはさんで北と南にふたつあった。祖母が元気だった戦前は、春、秋二度は庭師が入っていた。いまでも覚えているのは、剪定したあとの松の清々しさである。どこか陰気くさい池のある北の庭では遊んだ記憶がないが、南の庭には光を集めたような小さな砂場があった。幼い私の格好の遊び場だった。廊下のガラス窓にそっては梅の老木があり、月光に照らしだされたその黒く曲がりくねった幹が怖くて、私は月の夜はひとりで離れに行けなかった。花木は梅と百日紅をのぞいてほとんどなかった。座敷の縁先に葵が一株だけあって、毎年夏のはじめに赤い花を大きな鈴のようにつけた。

戦後まもなく地震で灯籠の石が落ち、台風で三本の高い樅の木の一本が倒れ、残りを父は切り倒した。いまから思えば、経済的な理由もあっただろうが、以後父は庭の手入れをせず、荒れるにまかせた。庭は私の成長に反比例して少しずつ崩壊し、帰省するたびに荒廃していった。二十五年ほど前に旧い家をとりこわしてからは、南北の庭が地続きになった。庭を区画していた石塀は一部残っているが、一つ葉の植え木はなくなり、いまではその境界も定かではない。

母の庭と私の庭とは、同じ庭のようで同じではないだろう。だが、全く別の庭であるはずもない。後妻の母は私とは血縁はない。血縁はないが、ともに眺めたこの庭が私の肉体に残るかぎり、この母も私の母である。

（「乾河」二十二号・一九九五）

野地

母が逝ってようやく五十日祭が終わった。二十年ほど前に父が死んだとき、祖先伝来の墓所から骨を拾い集めて、寄せ墓をつくった。母の骨はその墓に納めた。

父は、亡くなった兄といっしょに花卉園芸で生業を立てていた。花木を植えるために戦前開墾した山地があり、そこを「野地」と呼んでいた。野地は七段からなる北東向きの段々畑で、一番上の段に石清水を集める小さな溜め池があったが、いま寄せ墓はこの段に建っている。

子供の頃はよく草むしりにかり出されたので、今でもどの段にどんな花木が植わっていたかをたいがい覚えている。

溜め池のある最上段は、花桃の木がある外は半ば荒地に返っていた。二段目には大きなミモザの木が一本あり、根もとにストケシアが群生していた。三段目との境にはリンショウバイと雪柳があった。この三段目が一番広くて、農具を入れる小屋が建っていた。一五〇株余りのバラとガーベラが春には咲き競った。四段目との境のかなり急な勾配には、以前はジンジャを植えてあったが、後に兄はここに山茶花と椿を植えた。四段目、五段目、六段目には、金盞花、日々草、千日草、センキチク、ナデシコ、霞草などの宿根草や種植えの草花が、その年々の季節に応じて植えつけられた。兄が柿の木の根もとに捨ててあったリアトリスの株を家人がもらってきて、今も私の庭で毎年紫色の花を咲かせている。最後の七段目は一面ダリアだった。「天真」という種類の白い大輪のダリアも記憶にあるが、朱のかかった赤い中輪の「花笠」が私は好きだった。

それぞれの段境の傾斜地には、イワデマリ、リキュウバイ、キンポウジュ、帯化ヒイラギなどがあった。段々畑の東の傾斜地の上の方には毎年イチゴが自生し、下の方にはエリカやエニシダの小木があった。隣の山地との西境は梅とレンギョウで区劃されていた。

昔からの墓地は、この東の傾斜地の下の方にあった。地を這うような松の古木が目印のように一本あり、墓石があるのもあれば石ころを積んだだけのものもあった。

今度、久しぶりに野地に行ってみると、わずか二十年の間に欝蒼とした自然の植生に返っており、元の墓所まで足を踏みこむことすらできなかった。「自然との共生」などという言葉が最近流行っているが、自然はヒトとの共生など少しも望んでいない。ヒトが退けばたちまち元にもどるだけだ。「共生」もまたヒトが生き延びるだけのために、ヒトが思いついたまことに勝手な人間至上の思いあがった思想かも知れない。


（「乾河」二十三号・一九九八）

詩人の死

六月のはじめに詩人の高森文夫さんが死んだ。母の十日祭とかさなり、通夜にも葬儀にも出席できなかったので、十月九日、所用で日向市に行った帰りに、家人と東郷町山陰まで足をのばした。若山牧水の生家がある坪谷は、耳川沿いにこれから少し上流にあたる。

高森さんのお宅を訪ねて線香でもあげたいと思ったのだが、大きな旧宅はすでに廃屋となっており、人影はなかった。わたしは勝手に裏庭にまわり、写真を数枚とって帰った。耳川の清流をはさみ、対岸の冠岳の山塊がいつものように大きく迫ってくる。

高森さんは、三歳年長の中原中也の友人でもあった。中也の日記を読むと、高森文夫、弟の淳夫、通夫の三兄弟の名前がしばしば登場する。中也は、一時期高森さんと同宿していたこともあり、山陰の旧宅にも三度ほど訪れている。旧宅は当時のたたずまいを残しているが、中也がつかったという裏庭の五衛門風呂は痕跡もない。

製材所のかたわらで中也が、「この村に製材所を建てふたりでやろう。君も学校など辞めて田舎に帰って暮らせよ。松脂の匂いでもかぎながら……」と言ったのは、詩人の気まぐれにちがいないが、昭和十二年十二月に刊行された「四季」二十三号の中原中也追悼号には、遺稿として巻頭に「材木」という詩が掲載されている。

立つてゐるのは、材木ですぢやろ
野中の、野中の製材所の脇。

冒頭の二行を読んで、高森さんはすぐに中也の言葉を思いだしたという。

私は通夫さんに頼まれて、高森さんの第二詩集「昨日の空」の校正を手伝ったことがある。国民学校三年生で敗戦を迎えた私には、正字、旧仮名遣いなのには弱った。第二回の中原中也賞を受賞した第一詩集「浚渫船」同様、日夏耿之介の序文がついており、これがまた難解をきわめた。しかし、校正を通じて私にも、高森さんの高雅な詩精神がようやく分かり始めた。戦後詩が長い間忘れていた本当の詩のゆたかで美しい世界を、詩人はチェーホフのようにやさしく示している。

最後の全詩集「舩灯」を手にしたとき、詩人とはその生き方であることを痛感した。「文夫は沈黙を売り物にしている」と中也は日記に記し、高森さんに「熊」という渾名を呈している。火のように喧騒な中也の精神にとって、小柄な熊のような高森さんの寡黙が、どれほど大きな救いであったことだろう。

（「乾河」二十四号・一九九九）

生活

家人が不慮の交通事故で入院して一ヶ月になる。子供たちは遠くにいるので、久しぶりのひとり暮らしである。ひとり暮らしを愉しむまでの心境にはいたらないが、最初に気づいたことは、結婚生活で精神が軟弱になっていることである。

生きるに必要なだけ食べて、排便し眠る。それだけなら、独身時代もそうしていて何ら痛痒を感じなかった。雨露をしのぐ小さな部屋がひとつあれば足りた。それなのにいつの間にか、無用な夾雑物に満たされたこの部屋の空疎さはどうだろう。つい先日、こりずに携帯電話まで買った。仕事で不在がちなので、留守電を携帯に転送してもらう手続きをとったのはよいが、複雑な機能の半分も消化しきれないで抛りだしてある。

中学生のころ何かの雑誌の口絵で、雪深い花巻で独居自炊生活をしている高村光太郎の写真をみたことがある。「暗愚小伝」を読んだのは後のことだが、私が詩らしきものを書き始めたころは光太郎批判の激しい時期だった。しかし、あの口絵写真が頭からはなれず、東京の喫茶店かなんぞにたむろして光太郎批判をしている詩人を、私は信じることができなかった。

留守がちな私が一番困るのは、わが家に勝手に寄寓している野良猫と、羽根を痛めて飛べない椋鳥である。猫の方は餌さえやればさほど手をとらない。夜は出歩き、日中に二階の片隅に寝に帰ってくる。時々、家に閉じこめたまま外出し、夜遅くに帰ってくることがあるが、どこで用便をたすのか粗相のあとはない。

椋鳥の方は厄介である。毎日水をかえ鶏の中雛用貝殻入り稗と生き餌を与える。ウジ虫のような生き餌の方は品不足がちで、突然店頭から消えることがある。だからといって買いだめすると死んでしまい、死餌には見向きもしない。わが家の野良猫が加害者ではないかという後ろめたさだけで世話をしているのだが、先だって野鳥の会の知人に相談すると、「いやいや、時々季節の青草を与えたり、羽虫予防に砂を入れてあげなくちゃ。爪や嘴の冗長を防ぐのに軽石も入れておくといいでしょう」とまでいう。

その上といっては何だが、玄関、台所、洗面所、便所まで、花や植木鉢が置いてある。植木鉢は外に出して、天水で自活してもらうことにした。花の方は、幸い先だって農業試験場の職員にもらった新種のスターチスだったので花瓶の水を捨て、ドライフラワーに変身中である。


（「乾河」二十五号・一九九九）

白百合

三週間ほど検査入院した病室の窓辺に、白百合の花がさしてあった。コップに挿された二本の茎には、入院当初、大輪の花が四つ、蕾が一つついていた。十日ほどで蕾から開花した最後の花も枯れてしまった。それでも、こんなにゆっくりと百合の花を眺めたのは、久しぶりのことである。コップには、不似合いなほど大きな白い花弁と淡い緑色の茎と葉、それらが一体となった姿の清雅な美しさには、今更ながらうたれた。

ヒトもずっと昔は、動物と同じように食べることができるか否かという二値的視点で、草花を見ていたにちがいない。食べられる草花には肉体的に親和感をもち、食べられない草花には違和感があったかも知れないが、草花を美の対象として眺めはじめたのはいつからのことだろう。

私はひょっとすると、知恵の木の実を食べたとき以降ではなかったかと思っている。エデンの園では、ヒトも動物も自らの死を知らずに生き、死んでいたにちがいない。楽園は美しくもなく、汚くもなかっただろう。

アダムとイブが林檎を食べたとき、ヒトは初めて自らの死すべき運命を知り、リルケの言葉を借りれば、以後閉ざされた世界を生きることになる。地は呪われ、世界の相貌は一変したことだろう。美しいということにどこか哀切感がひそんでいるのは、それが死の側から生を眺めた時にのみ生じる情感だからではないか。

白百合というと、中学生のころ女生徒に借りて読んだ少女小説を思い出す。蔦の絡まる洋館の深窓で暮らす病弱な少女の弾くピアノの音が、窓の下を通る貧しい少年の心に触れる。二人は会うこともないが、ある日ピアノの音は絶え、少年は荒々しい実社会に踏みだす。たいがい似たりよったりの話であるが、ありあまる豊かさに恵まれた少女には命が乏しく、何も持たない少年は強い生命力に恵まれている。

少女小説の感傷は、生活の根のない切り花に似ている。戦後詩が意識的に拒否してきたものであるが、病院では時に白百合の花の美しさが三度の食事にもまして患者を支えることがある。

同室の患者は、誰彼となく朝起きるとだまって枯れた葉や花をおとし、コップの水をかえる。最後の一輪が枯れ落ちた朝、白百合の花を生けたのは、私が使っているベッドにいた患者さんの奥さんであると告げられたが、その人が退院したのか亡くなったのかは聞いていない。

（「乾河」二十六号・一九九九）

遠い国

九月の初めに手術を受けた。術後の一週間は、プロメテウスのようにチューブに繋がれて、わき腹を猛禽についばまれた。

本を片手にもつことは難しい。仕方なしに、小さな携帯ラジオで音楽を輸液のようにたれながしで聴いた。曲種も曲名もかまわぬ。時間が曲の強弱により上下し、遅速によって粗密となる。滑ったり躓いたりする。

一夜、ペレスプラド楽団の追悼記念番組があった。前日に亡くなったトリオ・ロス・パンチョスのヴォーカリストの追悼もかねて、最初に「ベサメムーチョ」が流れた。後は「マンボ・No・5」「マンボ・No・8」や、映画「黄金の腕」の主題曲「セレサローサ」とつづいた。ラテンは、私にとって一九五〇年代の音楽である。

高校三年生の時、私が通っていた町に「東京キューバンボーイズ」がきた。私は、友人と二人で午後の授業を抜けだし、別々に会場の映画館にもぐりこんだ。運悪く友人の方が補導教師につかまり、私の分まで罪をかぶった。いつまでも後味のわるい思い出である。

音楽を聴きながら、退院したら生き方を変えようと思ったが、簡単にはいかない。結局は、そのひとの器量の問題である。訪ねてくるひとごとに、「これからは、少しのんびりしてください」と言いながら、仕事をおいていく。断わればすむことであるが、貧乏性の私はそうもいかず、もとの木阿弥である。

十二月には、知り合いの社長と一緒にアメリカとメキシコに行くことになった。廃棄物処理用実験プラント導入の話が持ちあがり、現物確認のためである。アメリカの国立バッテレ研究所とMITからスピンアウトしたベンチャー企業の開発装置で、有害物ゼロ・エミッションに近い最先端技術という。ただ、本格的な商用プラントはアメリカにもなく、スケールアップに一抹の不安がある。夢と不安は、けだしベンチャービジネスにつきものである。

メキシコ・シティは、私の方に格別の商談があるわけではない。病床で、久しぶりにラテン・ナンバーを聴いためぐりあわせかもしれない。六〇年代のペレスプラドの代表曲「ふたつの世界」は、アメリカとキューバを主題にしているとのことであるが、田舎者のわたしにとっては、アメリカはもとより、キューバもメキシコも未知の遠い国であることにかわりはない。

（「乾河」二十七号・二〇〇〇）

砂漠の火

シアトルに着いたのは夕方だった。十二月のシアトルにしてはめずらしく晴れていた。クリスマス前だったので、ダウンタウンの街路樹はすべて電飾されていた。

翌朝、二十人乗りくらいの小型機で一時間ほど内陸のパスコにむかった。宿泊予定のダブルツリーホテルパスコで早い昼食をとり、目的地のI社実験プラントへ車を走らせた。道はハンドルが不要なくらいの一直線で、両側はアメリカのエネルギー省が管轄する広大な砂漠である。

道路から少し離れた左手に、コンクリートブロックのような一塊の小さな建物がある。建物の四囲から蒸気が発散している。人気はない。I社副社長のD氏が、「原子力発電所です」と指す。美しいシアトルの電飾エネルギーは、こんな荒涼とした場所で生まれているのだ。

道路の反対側にまた同じようなコンクリートブロックが見えてきた。未使用のまま封鎖された原子力発電所の廃屋である。砂漠よりもざらざらしたそのコンクリート塊は、死産の未熟児のように私の胸底に沈んだ。

一介の技術者に過ぎない私は、人間の欲望や虚飾が消えて、技術本来の合目的性のみが残った形は、無条件に美しいと信じてきた。まだ直接見たことはないが、ギリシャ神殿の円柱はその精華である。

須賀敦子は、小文の中で「まぼろしの屋根を支えるドリア式円柱列に抱かれた空間は、明晰という言葉から人間が創造し得る最高の表現である」と賛嘆している。

どんな技術であれ、自然法則に反しては成り立たない。円柱の直立を支配する自然法則は、草木同様、あのコンクリート塊も支配しているはずである。

にもかかわらず、後者が前者ほど美しくないのは何故だろう。産業革命以降の近代技術と古代技術の差異を単純な精神論で片付けるつもりはないが、私にしても鎌の方がコンセントよりは美しく見える。技術が身体的延長から遠ざかるにしたがい、保守的な生体維持機能の順応がそれに遅れて、うまく受容できないというだけの話なら、孫の代には逆もまた真かもしれない。

砂漠の中で私たちを待っていたのは、小さな炉のなかで妖しい光を放つプラズマ放電であった。原子力が太陽ならプラズマは雷である。わたしは、息をつめて摂氏約一万二千度近い人工稲妻の火に見入った。眩しさに思わず眼をつむると、白い闇の奥で雷鳴がした。（「乾河」二十八号・二〇〇〇）

レッドライオン

夏のシアトルは美しい。六月の中旬、技術導入契約のため、シアトル経由でリッチランドを再訪した。砂漠の町のいかにも田舎風のホテルの名前が「レッドライオン」である。その晩は町の集まりでもあったのか、ライオンのような男たちが出たり入ったりしていた。

旅行するときは、たいがい一、二冊の文庫本を携行する。空港で「芭蕉と蕪村」という本を見つけて買った。これには下心があった。日本の代表詩人である芭蕉と蕪村の句を、砂漠という異時空間で読むとどうなるか。

ところがレッドライオンに着いて、いざ読もうとバッグの中を捜したが、本が見当たらない。成田からシアトルまでの機中で手にとり、そのまま眠りこけたところまでは思い出した。どうも前席のポケットに入れたまま降りてきたらしい。仕方なくその日は、コロンビア河の向こうに夕日が沈むのをぼんやりと眺めてすごした。

砂漠に河があるのもおかしな話だが、カナダを水源とする河の水量はじつに豊かである。両岸にはむろん緑があり、モーターボートが鋭い軌跡を描いて旋回している。夏至に近かったので、日没は夜の九時、それからも白夜のようにしばらくはあかるかった。

私は芭蕉と蕪村の句を思いおこしてみたが、レッドライオンの土地柄ではどうもしっくりこない。とりわけ、私の好きな蕪村の方が具合がわるい。蕪村の長詩「春風馬堤曲」の原風景といわれる毛馬塘は、蕪村の手紙によると「水には上下の船あり、堤には往来の客あり」とある。むろん、この長閑さは今の日本の都市河川にもない。

詩歌の異時空間への翻訳可能性は、私などが論じることではない。技術なら、あちらの尺貫法のようなポンド、フィートには閉口するが、これとて機械的に換算でき、さほど問題ない。

ひと月後、先方の技術者が来日した。台風前で蒸し暑い日だった。この湿潤な気候は、蕪村にかぎらず日本文化の核である。究極の技術がバイオミメティクス（生物模倣）にあるとすれば、水を媒体とする融和な日本的システムは、生体同様有機的かつ統合的である。砂漠のように無機的で分析的な欧米の文化との違いでしょう、と言ったら、ヒューストンのNASAで働いたことのある技術者は、ヒューストンの湿度は日本よりも高い。なのにヒューストンのロケットは落ちず、日本のロケットがよく落ちるのは不思議です、と笑った。

（「乾河」二十九号・二〇〇〇）

ふたつの展覧会

十一月初めの連休に久しぶりに上京した。少時を盗んでふたつの展覧会に足を運んだ。新宿の安田火災東郷青児美術館での「ゴッホ素描展」と、同じ新宿の東京オペラシティ特設会場での「東京大聖書展」である。日を変えたのが悪かった。田舎者の私は、会場を探し出すのにそれぞれ小一時間かかった。あとでふたつの会場が都庁界隈に隣接していることを知って唖然とした。

「ゴッホ素描展」は「ゴッホとその時代」とあった。ゴッホの素描と隣りあわせに、ゴッホが影響を受けたバルビゾン派やハーグ派や印象派の画家たちの作品が展示されていて、それぞれの素描の時代背景がよく分る。初期のゴッホのゴツゴツした素描を見て、私はすぐに式場隆三郎訳「ゴッホの手紙」（創藝社刊）を思い出した。

私はまだ二十歳まえだった。病床でこの小文庫の出版を知り、高校時代の担任の先生に電話をして買ってきてもらった。全六巻のうち入手できたのは四巻までだった。のちにこの訳本は誤訳だらけとの評も知ったが、当時の私には、焦燥にかられたゴッホの息遣いが迫ってくるような名訳であった。随所にゴッホの素描が小さく挿入されているのもうれしかった。

あの「悲しみ」の複製を、私は粗末な独身寮の壁に永い間貼りつけていた。今にして思えば、妊婦シーンの裸像が示す人間の貧しさの原型は、安田火災ビル四十二階の空調された会場よりも、独身寮の壁の方が似つかわしい。画家になるまえの一時期、ゴッホが牧師を志していたことはよく知られている。ゴッホの激越性は聖職を逸脱したが、ゴッホが聖性を何に求めていたかは、「田舎道」や「スープ配給所」や「建物の廃材の競売」のような素描にくっきりと描きだされている。

「東京大聖書展」は、むろんキリストの生誕二〇〇〇年を記念してのものだ。「死海写本」から現在までの種々の聖書が展示されていたが、何しろ言葉のなかの言葉が読めないのは始末が悪い。皮肉なことに技術者の私には、簡素なグーテンベルグの印刷機の方が心に残った。ドイツの哲学者ポパーは、古代ギリシャにおける「アテナイの文化的奇跡」を、筆写書籍市場の形成によると指摘している。してみれば、グーテンベルグの印刷機がルネッサンス文化に与えた衝撃は、昨今のＩＴ革命どころではなかったにちがいない。はからずも技術というものの真髄にふれ、私は何か粛然とした気持で会場をあとにした。

（「乾河」三十号・二〇〇一）

沖縄の春

三月の初め、所用で沖縄の那覇市をたずねた。一日会議に出席するだけだったので、家人を連れていった。

那覇は三度目である。泊まったホテルが、たまたま前回と同じ首里城近くのホテルだった。まっすぐに下ると国際通りである。通りに接して、迷路のように広がる公設市場が私は好きである。小一時間ほどうろうろと歩きまわっているうちに、元のところにでた。「古酒屋」という地下の小さな酒舗に入って、夕食をとった。酒を飲まない私にはいささか場違いであったが、店内を流れているアメリカンブルースは心にしみた。

中学時代、私には四人組の親友がいた。ひとりは、満州から引き揚げてきたT君である。残りの二人が戦火を避けて沖縄から入植してきたA君とY君である。どういうわけか、地元の人間は私ひとりだった。飛びぬけて秀才のY君とは、無二の親友であった。私に現代文学の窓を開いてくれたのも彼だった。しかし、彼等のうち全日制の高校に進学できた者はいなかった。貧しい時代だった。T君は、中学を卒業するとすぐに大阪の大手電機メーカーに就職し、Y君は航空自衛隊に入った。二人とも働きながら夜間高校を卒業した。A君も夜間の商業高校に進んだが、間もなく家族をあげて沖縄に引き揚げていった。

中学卒業の際、校門の桜の木の下で、毎年一回は会おうと約束したが、むろん守られるはずもない。それで私が高校の修学旅行で大阪に一泊した時、T君がホテルまで訪ねてきてくれた。Y君とは、二十年くらいまえに一度、私が上京した折りに、東京駅の地下街で食事をした。沖縄に帰っていったA君とだけは、一度も会っていなかった。

五年前、那覇を訪ねた時、私は四十五年ぶりにA君に再会した。国際通りに面した沖縄Mデパートの社長であった。多忙にもかかわらず、彼は一日をさいて沖縄北部を案内してくれた。広大な米軍基地について黙す彼の横顔は、岩石のように硬かった。

今回は、帰りの日の出発便までの間に、タクシーでユネスコ国際遺産の「中城城」まで足をのばした。城壁に囲われた浅い緑色の春草と遠い海は、中世から東シナ海のハブ都市であった琉球王国の寛容と忍従を象徴するかのようにやさしかったが、吹きあげてくる風は意外に冷たかった。思わず「沖縄も寒いネ」と口走ると、タクシーの運転手が「今日はホント、沖縄の今年で一番寒い日です」と、何度も弁解した。

（「乾河」三十一号・二〇〇一）

いたずら

三日ほど十二指腸潰瘍からの下血に気づかず、救急病院に搬送された。幸い一週間あまりで退院した。後に分かったことだが、三分の一弱の血液を失っていたらしい。三日間の絶食を強いられ、終日の点滴で生をつないだ。最初のうちは、用をたすのもベッドでということになった。首を曲げるテレビはぐあいが悪く、眼をつぶったまま聴けるラジオはありがたかった。

普段はめったに音楽など聴くことはない。それだけに、NHK・FMの「朝のバロック」は、毎日明けがた美しい一刻を恵んでくれた。バロックは、ポルトガル語の「ゆがんだ真珠」を語源とするとのことだが、私はバロック風の誇張を感じることはなかった。いま聴けば、むしろ平明の感すらある。クープランの「恋のうぐいす」、ラモーの「いたずら好き」などには、柄にもなく少年の日のようなときめきを覚えた。

音痴の私には、消えさった音を反復する術はないが、「恋のうぐいす」からは、けだし古代ギリシャの角笛の響きはしない。平明ではあっても、どことなく手のこんだ人工的な遊びを感じる。モーツァルトはすぐそこであるが、それでもいまだ単調な反復のなかに秘められた生の喜びは、輸液のように恢復期の体にしみわたった。音楽にしろ詩歌にしろ、いつから壮大な思想や苦悩にとりつかれてしまったのだろう。

ラモーといえば、若い頃に読んだディドロの「ラモーの甥」を思い出す。著名な音楽家を伯父にもつ青年の屈折した心情が時代批評となっていたような気もするが、しょせん批評は一過性、いたずらは永遠である。

昨日、Fが隣県から所用で来宮、病後見舞いに拙宅に立ちよってくれた。生家の斜め北隣にいまも住む竹馬の友である。「宮崎に行くなら電話をしてみたら」と奥さんに勧められても、私が息絶えだえで臥せっているのではないかと勝手に思いこみ、受話器をとりあげる勇気がでなかったというやさしい男である。

学齢まえだった。ふたりで四、五キロメートルも先の市の中心にあるデパートに出かけた。帰路、空腹のあまりレンゲ畑に転がりこんで草を噛んだ。Fと話していると、すっかり忘れていた遠い日の些細な出来事がつぎつぎとよみがえってくる。いよいよの時には、とふたりして笑った。幼い日に仕掛けたままのあの畦道のいたずらを、もう一度ていねいに仕掛けなおして遁走しよう。

（「乾河」三十二号・二〇〇一）

名作未読

十月半ばに所用で上京、五日間ほど新橋駅に近いホテルに泊まった。夜外出するほどの元気はない。浜松町のターミナル内にある書店で、文庫本を一冊求めた。伊吹和子著「われよりほかに」（上）である。

著者は、晩年の谷崎潤一郎の口述筆記者である。主に谷崎源氏の口述筆記にたずさわっていたらしい。文豪の仕事ぶりも興味深いが、出版社、国文学者、著者間相互の連絡の煩瑣さにはいまさらの感がある。電話はあるが、コピー機、ファクシミリ、Eメールはもとよりない。電報が意外なほど使われている。五十年前のことである。

ふと「谷崎源氏」を買ったのを思いだした。帰ってさがしてみると、やはり全六巻がそろっていた。ちなみに巻一の奥附には、「新約源氏物語普及版」昭和三十一年五月一九日初版発行とある。定価二百五十円。著者によると、中央公論社から「潤一郎新約源氏物語」全十巻が出版されたのは昭和二十九年、普及版より二年前である。

私は巻一の「桐壷」の途中で投げ出してしまった。以後、手にとった記憶はない。まだ二十歳前だった私は、工場の片隅で工具にヤスリをかけたり、ニクロム線をつないでいた。源氏物語の世界とはおよそ縁遠い。今となっては、買い求めた動機すら思い浮かばない。

他にも読みとおせなかった本は数えきれない。最初は小学校四年生のときの「岩窟王」だ。後にも先にも父が買ってくれた唯一の本だが、ダンテスが洞窟から脱出するまで続かない。むろん、字の大きな子供向けの翻案物である。父の書架に数冊残っていた円本の黒岩涙香訳「十五少年漂流記」や若松賤子訳「小公子」は、三段組びっしりの本格的な翻訳本だったが、こちらはなんども読みかえした。「漂流記」の主人公ブリアンの「武安」をはじめ、登場人物名すべてに漢字を当ててあるのには驚いた記憶がある。

「ドン・キホーテ」も未読本のひとつであるが、この夏大阪で旧友の画家Hから、「コンスエグラの風車」を描いた絵をもらった。暮れなずむ丘の上に小さな風車が四つ見える。真偽のほどは定かではないが、かのドン・キホーテが槍を抱えて突撃した風車である。

この絵を見ていると、私はどこか遠くに忘れものをしたような気になる。忘れものが何かも思いだすことができない。少年の日には、私の胸中にもドン・キホーテの理想主義の槍があったのか。

（「乾河」三十三号・二〇〇二）

ヨーグルト

霧島えびの高原で、若い夫婦がおいしいヨーグルトを作った。最近はやりの飲むヨーグルトである。濃厚で、舌に重くねっとりとひろがるが甘くはない。一度口にすると忘れられない食感である。

T夫婦の工場は、えびの市のはずれ、もう鹿児島県に近い高原の盆地にある。ふたりは酪農系の大学の同級生で、卒業後ブラジルに渡り、夢やぶれてTさんの故郷であるえびの市に帰ってきた。Tさんはハイテンションの社長であるが、夫人はいかにも技術者らしく寡黙で、どこか茫洋としている。乳酸菌発酵の専門家である。

おいしさの秘密は、原料生乳、低温殺菌、乳酸菌の取り合わせにあるらしい。開発はむろん夫人の技術によるが、毎朝搾りたての生乳を熊本の牧場までとりに行くTさんの活力には驚く。このヨーグルトの商品名に、Tさんは夫人の名前をフルネームでつけている。

三月の中旬、私は高原の小さな工場を再訪した。途中車でまた道に迷い、えびの市のJR京町温泉駅まで迎えにきてもらった。待っている間にふと駅舎の横を見ると、野口雨情の詩碑がある。

真幸京町わかれが辛い霧が姿をまた隠す　　雨情

雨情のご当地ソングのような詩碑は全国いたるところにある。戦後詩の貧しさは、この種の詩と詩人を放逐してしまったことだ。

いちどTさんが、夜中にあおざめて拙宅に飛び込んできたことがある。初期投資以降の累損で資金繰りにいきづまったのだ。わたしに何ができるだろう。以前、知り合いのキャピタルを紹介して急場をしのいだことがあるが、こんどは中堅の企業に買収されようとしている。

「M&Aに敗北感をもたなくていいんですよ。あなたたちの商品がよかったから買い手がついたんです。よい種は宿主が変わっても成長をつづけます。」

慰めにもなっていない私の言葉に、T夫妻は努めて明るく振る舞ってくれた。

その晩は、九州縦貫道を人吉市まで足をのばして一泊した。翌朝、球磨川の土手に立つと、朝霧のなかを一艘の川舟が流れに逆らって棹をさしている。突然、川下で大声がした。学生らしい若い男女数人が真っ赤なゴムボートを岸から引き上げ、車の屋根にくくりつけている。やがて、車はエンジンの音高く去っていった。

(「乾河」三十四号・二〇〇二)

遺作

甲斐洋が死んだ。甲斐洋といっても、宮崎の一部の文学関係者を除いて、いまではだれも知らないだろう。甲斐さんは、一九五三年頃、小説「阿蘇」で芥川賞候補にのぼり、中村真一郎が激賞したと伝えられている。わたしが甲斐さんの名前を最初に聞いたのは、詩人の故本多利通からである。

その頃、結核で自宅療養中の甲斐さんは、本多さんが訪ねると、半裸で寝たまま原稿を書いており、用があると枕もとの太鼓をたたいては奥さんを呼びつけていたという。話の凄まじさにおそれをなして、私は甲斐さんと同じ延岡市に住みながら、永い間訪ねそびれていた。

私が甲斐さんから手紙をもらったのは、一九七七年に「阿蘇」の単行本が上梓された後である。地元の新聞に書いた感想文が眼にとまったらしい。「阿蘇」は、敗戦直前の時代背景をもとに、高原の風景と詩人の濃密な関係を叙した作品であるが、「先鋭な詩人の感受性のあとを、息を切らせながらついていくひろ子の愛は哀しく美しい」と、最後に書き添えた。「ひろ子に言及してくれたのは、あなただけです」とよろこばれた。

その頃は、もう故郷の高千穂に居を移されていた。ある日、突然甲斐さんが、延岡に出て来たついでにと、拙宅に寄ってくれた。私も一度だけ国見ヶ丘の麓の山荘を訪ねたことがある。タラの芽がでる季節だった。

甲斐さんの最後の小説「渓流のほとり」は、本多企画で数十部刷られ、すでに入院中の甲斐さんに代わって詩人の本多寿さんがごく限られた人に配った。

ジョウビタキが来なくなった夜、老いた彼と妻は「二匹の蟬の幼虫のように背中を丸めて一つの浴槽に入る」が、ふとジョウビタキの行方が気になる。「彼のうちにひろがるその未知の、薄墨色の、夢のような山野を手さぐりしながら、彼はその小鳥が本能にうながされてともかくも北へ向かって出発したであろう」と、小説は終わる。

いつだったか詩人の渡辺修三が「作家というものはあそこまで書くものかね」と、甲斐さんの「玩具」という小説を半ば呆れ、半ば讃嘆していたのを思い出す。渡辺さんには、甲斐さんの苛烈な散文精神が耐えられなかったに違いないが、死をまえにして「夢のような山野を手さぐりしながら」も、最後には甲斐さんも、生物である自分の本能にどこか安堵するところがあって、その身を放擲していたに違いない。

（「乾河」三十五号・二〇〇二）

野ばら

師走がそこまで来ている。何をあくせくと思うが、バタバタしている。私は冬が苦手である。冬というより、秋から冬への季節の変わり目が具合がわるい。逆に梅雨まえの晩春から初夏へかけては気分がよい。木下杢太郎の「緑金暮春」は好きな言葉である。

バイオリズムというどこか怪しげな流行語を信じているわけではないが、体調が弱っているときには、殊にそれらしい起伏を覚える。以前に読んだ茅野春雄の「昆虫の生化学」という本に、「昆虫にとって冬とは何か」という小見出しがあった。内容はあらかた忘れてしまったが、もともと昆虫は熱帯産である。進化の過程で冬に適応した種だけが北進に成功している。適応は、むろん省エネルギーで越冬できる休眠プログラムの遺伝的獲得による。

ヒトも原産地はアフリカと聞く。昆虫との違いは、火の利用、住居、衣服といった文化的手段での寒さの克服にある。面白いのはゴキブリである。ゴキブリは人間に寄生することで安直に越冬に成功した代わりに、休眠プログラムの開発を怠った。冬の戸外につまみ出されると、ものの十分も生きていけないというのだ。文化的手段に頼りきる危険への警鐘でもあるが、身につまされる話である。

先日、宮崎の工業技術センターで「ＳＰＧ国際シンポジウム」が開かれた。ＳＰＧとは、南九州に多い火山灰土を加工したシラス多孔質ガラスのことである。二十年余にわたる研究の結果、ようやく用途がひらけつつある。「ナノカプセル」もそのひとつで、医療、医薬、食品などの分野で期待されている。

今年のシンポジウムには、特別講演者のひとりとして、ドイツのカールスルーエ大学からヘルマール・シューベルト教授が招かれた。かのシューベルトと同姓であるところから、SPG開発者でもあるN所長の計らいで、シンポジウムのあとに交流会を兼ねた小さな演奏会がもたれた。このときばかりは、日頃無骨な商品を陳列している工業技術センターのロビーが、夜目にも華やいで見えた。

地元の声楽家による演目の中に、シューベルトの歌曲「春への想い」が含まれていた。この歌曲は、春との再会を期する今の私の思いでもある。

路断えて香にせまり咲く茨哉　蕪村

最後に、シューベルト教授のピアノで全員「野ばら」を歌うことになっていたが、私は疲れて中座した。

（「乾河」三十六号・二〇〇三）

大蛸

トーマス・マンの評論集「非政治的な──人間の考察」を、私はずっと第二次世界大戦中の著述と思っていた。マンが第二次世界大戦中にアメリカに亡命して刊行した「ヨーロッパに告ぐ」や、ドイツ向けに放送した「ドイツの聴取者諸君！」と勘違いしていたのだ。どれも中身を読んでいないので、こんな錯覚を起こすことになる。

マンと同世代のドイツの作家といえば、ヘッセとカロッサがすぐに思い浮かぶ。ちなみに、三人の作家の生年は、マンが一八七五年、ヘッセが一八七七年、カロッサが一八七八年である。島崎藤村（一八七二）よりは年下だが、永井荷風（一八七九）よりは年長である。同世代の日本の詩人には蒲原有明（一八七六）、与謝野晶子（一八七八）などがいる。カロッサは、明治十一年生まれの私の祖母と同年である。その頃、九州は西南戦争（一八七七）の渦中にある。三作家とも、意外なほど古い世代なのだ。

第二次世界大戦中、マンはアメリカに亡命、カロッサは国内にとどまり、「ヨーロッパ著作権連盟」の会長職などを押しつけられながらも苦難を耐えしのぐ。一九二三年にスイス国籍を取得していたヘッセでさえ、著書はナチスの焚書となっている。

私は、カロッサの小さな著書「指導と信従」を、いまもわが指導と信従としているが、非政治的な人間でしかも臆病ときている。戦争になれば、マンのような亡命など思いもよらず、カロッサのように体制内で良心を守りぬくことは、さらにおぼつかない。きっと隣保班の人といっしょに防空演習に精をだして、不参加者の悪口を言ったりするに違いない。

おかしなことだが私の家族は、敗戦の日の八月十五日が過ぎてから疎開した。父はまだ軍隊から帰ってなく、家族は祖母と母と兄妹五人、男手は作男をしていたトモ爺と、夜だけ訪ねてくる祖母の愛人卯三郎爺さん。女と幼い二人の弟は汽車で行くことになり、旧制中学二年生だった兄と国民学校三年生の私は、二十キロメートルほど離れた親戚の家まで、布団や衣類を積んだリヤカーを引いた。

山間の曲り角で、一台のトラックが私たちを追いこそうとする。荷台に、兄より二、三歳上の近所のヨッちゃんが仁王立ちしている。必死の思いで手を振ると、トラックの上からどさっと何かを投げ落とした。生きた大蛸である。土まみれの大蛸をどんな具合にリヤカーにくくり付けたのか、その後のことはまるで覚えていない。

(「乾河」三十七号・二〇〇三)

アガパンサス

庭のアガパンサスが水色の花をつけている。梅雨に咲く花は、アジサイにしてもアガパンサスにしても、季節に染まってか、雨によく似合う。

子供のころ、屋敷の花壇に咲くアガパンサスを何気なく見て育った。父はアガパンサスを誤って「アカバンサス」といっていた。三十五年あまり住んでいた延岡でアガパンサスを見かけた記憶はないが、宮崎市では道路際のあちこちに咲いているのには驚いた。

そうなると一株欲しくなる。欲しい欲しいと思っていたところ、四、五年前、庭の片隅でアガパンサスが咲いた。私が折にふれてアガパンサスの思い出話をしていたので、家人が気を利かせて買ってきたのだろうと質すと、まったく知らないという。

アガパンサスには、塊根状の根茎がある。このため、私は宿根草とばかり思っていたが、宿根草の根が何処からともなく家の庭まで進出してくるはずがない。念ずれば通ずるということか、不思議なような本当の話である。

ところが最近、丈も花もひとまわり小ぶりのアガパンサスを見かけるようになった。これが雨に打たれているさまは、いかにも可憐である。今はこちらが欲しいと、二度目の奇跡を願ってひたすら念じている。

百科事典によると、アガパンサスは別名「紫君子蘭」といい、私が見てきたのはアガパンサス・プラエコクス・オリエンタリスという切花用で、可憐な方はどうやらアガパンサス・アフリカヌスらしい。語源が、ギリシャ語のアガペ（愛）とアントス（花）とあるのもいい。

「書を捨てて街に出よう」といったのは、寺山修司であったが、今頃になって、私はわずかばかりの蔵書を捨てようと思い立った。多少の罪悪感に苛まれながら、昔買ったダンネマンの「大自然科学史」（全十二巻・別巻一）をめくっていたら、妙なところに傍線を引いている。そこには、ホメロスの詩篇には六三種、ヒッポクラテスの著述には二三六種、テオフラストスにいたると四五五種に及ぶ植物名が見えるとある。

食用植物や薬用植物に対する関心は、昔から洋の東西を問わないようだが、古代ギリシャ人の特徴は、現象の観察にとどまらず、その背後の原理への透徹した思索にある。「知ることは科学を生み、無知は信仰を生む」というヒッポクラテスの言葉は、日々得体の知れない健康食品を神頼みにしている私には耳が痛い。

（「乾河」三十八号・二〇〇三）

家族写真

この夏、アメリカの企業とその親会社であるイギリスの企業から二人の技術者が宮崎に来た。知人のKさんの国際特許に関心をもち、各々母国で追試験するための打ち合わせである。

この種の会議では、例によって会議前に秘密保持契約に署名させられるので、特許技術や会議の中身にふれるわけにはいかないが、Kさんは私よりもひとまわりうえの丑年生まれで、八〇歳に近い在野の肥育牛研究者である。特許発明は、Kさんの三〇年来の研究成果である。

同じ特許は、むろん日本でも公開されているが、ただの一社からも話はない。そればかりか、在野の研究に地元の大学や公設研究機関は意外に冷たい。

最近は、日本でもベンチャー育成とか、産学官共同研究とかがマスコミを賑わしているが、日本でベンチャーが育たないのは、身近な研究成果を自分で評価しようとしない日本社会の体質に起因する。企業、銀行、投資家の関心は、研究成果そのものよりも、研究者の経歴や研究機関の知名度に傾きがちである。

ことは科学技術に限らず、文化一般に言えるかもしれない。とりわけ、地方は東京の、東京は外国の評価の後追いになりがちなのは、ノーベル賞と文化勲章の関係をみるまでもない。評価する側の自信のなさである。

会議は、予定を一日こえて三日間に及んだ。イギリスから来たR氏は、いかにも知的な若い紳士であった。アメリカの中西部から来たＰ博士は、肥育牛のような巨体を揺らしてときおり鋭い質問を放った。科学はいざしらず、少なくとも技術は客観的な実証主義の世界である。最後には一致点に達する。永いこと私はそう信じてきたが、最近は人間の生理を含め観測手段の客観性や、方法としての還元主義に疑念を抱いている。

一夜、宿泊先のホテルに近い一ツ葉海岸の焼肉店で、Ｋさん自慢の宮崎牛に舌鼓をうった。食べ物への関心に国境はないが、食文化には違いがある。牧場見学の帰途、ざるそばを食べてもらった。そばはおいしく召しあがってくれたが、そば湯を飲むのには驚かれたようだ。

宮崎空港での別れ際、Ｐ博士が恥ずかしそうに内ポケットから一枚の写真をとりだした。家族写真である。すこし色褪せたその写真には、Ｐ博士の祖父母、両親、子供夫妻、孫たちの正装姿でとり澄ました顔が並んでいる。私は、古きよき時代のアメリカンファミリーを見る思いで、Ｐ博士の暖かい大きな手を握り返した。

（「乾河」三十九号・二〇〇四）

光ピンセット

朝、仕事先にむかう車の中でＦＭ放送のスイッチを入れると、ラベルの組曲「クープランの墓」の管弦楽版が流れてきた。バロックを代表する音楽家クープランは、またクラブサン奏者でもあったので、この組曲も元のピアノ曲の方で聴きたくなったが、車を運転しながらでは贅沢な話である。幼児期に中耳炎を患い、そのまま慢性化した私は根っからの音痴である。ラベルの曲想とエンジンの音の区別も怪しいが、私にも「クープランの墓」という曲名の大理石の角のような美しさは分かる。

大分の郊外にある私の生家の墓地は、父が亡くなったときに、里山の傾斜地に散在していた遠い先祖の小さな墓を一箇所に集めたものである。「三重野家奥津城」とある墓石の横に、それらの墓が肩を寄せあって窮屈そうに立っている。寄せ墓にする前の墓地では、明治以前の大部分は名もない石ころだけの墓石が松の木の根っこに寄りかかったりして、時のない空を仰いでいた。

家人の実家は、延岡市を流れる大瀬川、五ヶ瀬川、祝子川、北川が合流する河口近くの小さな島にある。今では陸つづきの島の入り口の海辺にそって共同墓地がある。墓地は海から一列の松にへだてられているだけで、浜風が松の枝を鳴らし、潮の香りを運んでくる。家人の実家の墓は、この共同墓地の一区画にある。いつ訪れても明るく、ヴァレリーが眠っているというセットの「海辺の墓地」を想像してみるが、ここではヴァレリーの鋼のような詩句は似つかわしくない。

年譜をみると、ヴァレリー（一八七一〜一九四五）とラベル（一八七五〜一九三七）はほぼ同世代である。時代がふたりにどういう影響を与えたかは知らないが、共通するのは日本の風土とはあまりにも異質な抽象性である。そこには、サイエンスというよりむしろ現代のテクノロジーに近い正確さへの固執を感じる。

先だって、光ピンセットによる分子レベルの微粒子操作の話を聴いた。微粒子を捕捉する光ピンセットの精妙な動きにも驚いたが、「光ピンセット」という技術用語の明晰さはさらに衝撃的だった。ラベルのピアノ組曲「クープランの墓」の一音一音を演じるピアニストには、たぶん永い間ヒトを幻惑してきた魂などという曖昧さは不要であろう。必要なのは、光ピンセットを扱う技術者のように厳密なピアノのマニピュレーション技術である。

（「乾河」四十号・二〇〇四）

真夏の夜の夢

私は、この十年、青島から三キロメートルあまり北の木花に住んでいるが、観光地「青島」は寂れて久しい。先だっても、戦後人気を博した「こどもの国」が事実上閉園した。グアムでもハワイでも気軽に行ける時代である。檳榔樹最北端の植生地青島といっても、いまでは巨人軍のキャンプ地としてしか知られていない。

今の青島に欠けているのは「知」である。ないなら今からつくろうと、一年間有志で勉強会を開いた。

知の発信と集積には、三つの前提を付した。①学問的に正統である。②国際性がある。③青島と所縁がある。

私の提案は、仮想上の「環太平洋文化センター」の設立であった。センターでは、環太平洋を移動したモンゴロイドの道と、その道にそって育った文化の研究、集積を行う。近世以降、それらはまさに壊滅に瀕している。

センターでは、また毎年一回、夏季にセミナーを開く。セミナーには、斯界の学者を内外から招聘、午前中はセミナー、午後は自由時間、夜は各地のモンゴロイドの音楽や舞踊を楽しむ。セミナーの成果は、日本語と英語で印刷に付し、大学、関係機関に配布する。むろん、インターネットではリアルタイムで流す。

科学朝日編「モンゴロイドの道」（一九九五）によると、モンゴロイドの移動には陸道と海道がある。陸道は、シベリアとアラスカを一体にしたベーリンジアから、北米、中南米を一気に駆けぬける。一方、海道は、出発点に諸説はあるが、台湾あるいはインドネシアからミクロネシア、メラネシア、ポリネシア、ニュージーランドと進展して、陸道と出会い太平洋の環をとじる。

先年、宮崎で「島サミット」が開催された。参加した十七ヶ国はいずれもモンゴロイド海道に散在する国である。一年に一ヶ国を指定、例えば「パラオ・イヤー」としてその国の文化や遺産を紹介する。島サミット参加国だけでも一七年はかかる。私の生きている間には回りきれない。しかし、一〇〇〇年、二〇〇〇年と継続すれば、小さなセミナーでも、やがては青島がモンゴロイド文化の貴重な発信基地になり、観光資源にもなるだろう。

後藤明著「海を渡ったモンゴロイド」講談社選書メチエ（二〇〇三）は、青島の「海幸山幸」に代表される「釣針喪失譚」を、日本、アジア、オセアニア、アメリカなど実に十三話報告している。このヴァリアントとその意味を、青島の檳榔樹の影でゆっくりと聞きたいものである。

（「乾河」四十一号・二〇〇四）

南阿蘇・竹田

先だって絵描きの友人K氏とS氏に誘われ、私を含め三組のカップルで阿蘇に出かけた。健康上の理由もあるが、もともと出不精である。阿蘇は小学校の修学旅行以来となった。私は、竹田、阿蘇と同じ豊肥線の大分市から一駅目の農村で生まれた。就職した先が宮崎県の延岡市で、高千穂をこえると南阿蘇である。延岡には三十五年間住んでいたが、ついに高千穂をこえることはなかった。

用心のため延岡の家内の実家に前泊、当日は画家K氏の玄関先で落ちあい、二台の車に分乗して出発した。昼前には高千穂に着き、そこから峠をくだるともう高森である。眼前には、南阿蘇の広大な風景が広がっていた。あまりのあっけなさにすっかり拍子抜けした。

国民休暇村の宿泊先に行くには早すぎる。白水村まで足をのばした。おだやかな暮らし向きを思わせる美しい山村風景を目前にし、先年亡くなった高千穂の作家甲斐洋の小説「阿蘇」の地に来た感を深くした。宿舎に着くと、屏風のような根子岳の奇観が目の前に迫っている。

翌日は、朝早く隣りの荻町に住む詩人山村英治さんが宿舎まで迎えに来てくれた。竹田を案内してくれるという厚意に甘えた。

山村さんの案内で、阿蘇中岳の火口に望んだあと、艸千里で車を停めた。

「三好達治の艸千里ですね。」

「春がいちばんですよ。」

阿蘇外輪山の広大な風景に接した後では、艸千里は少し俗化した箱庭のような気がした。私は詩集「艸千里」の詩句を思い浮かべた。

あきはやくくれにけるかな
ふゆのひはとほくちひさく

途中、荻岳展望台に寄って、秋の日が落ちるまえには竹田に入った。私と家内だけは竹田に一泊、当夜は山村さんに誘われて、スナック「桂」で地元の詩人牧章さん、歌人山部悦子さんと歓談、柄にもなく詩論を口にした。

竹田は昔から著名な文人墨客の多いところだが、私にはやはり瀧廉太郎と朝倉文夫の名前が懐かしい。戦後いち早く、旧大分県庁のあった白雉城から南に向かって、当時では広い遊歩公園ができた。公園には、朝倉文夫による瀧廉太郎立像と、石を抱いてうずくまる裸婦「みどりのかげ」があった。戦災で荒廃した市街のむきだしの光を浴びた白い裸婦は、若い私には眩しかった。

（「乾河」四十二号・二〇〇五）

エレベータ

三月十四日の朝、一月半ぶりの退院となり、入院先の大学病院三階第一外科のエレベータ前にいた。およそ十二時間に及ぶ大手術だったらしく、術後十七日目の退院では、家人の押すワゴン車にもたれ、前かがみに立っているのがやっとであった。

ふとみると、隣のエレベータ前にN青年が立っている。N青年は、私が五階の第二内科で精密検査を受ける間の二十日ほど、同じ病室で向いのベッドにいた。朝晩の挨拶で声をかけると明るい声を返してくれるが、ほとんど終日、ベッドをカーテンで閉ざし、漫画を読んでいた。まだ二十一歳、同室の私を含む他の三人とは年齢差もあるが、日常会話を交わすことはなかった。

患者の病気の種類、重篤度は、むろん患者ひとりひとり異なり、その患者にとってのみ絶対的な意味がある。他の患者と比較しても仕方のないことであるが、同室の患者どうしの気持は微妙である。

新しい患者が入室してくると、直接病状を尋ねるほどぶしつけな者はいないが、医師や看護婦との会話から、おおよその見当はついてくる。もしその患者の病状が自分より重度であるとみんな親切になり、軽度と分かると心理的に距離をおく。

内科では、私は四人部屋の廊下側の一角にいたが、隣の窓側のDさんは同病で、年恰好も似たり寄ったりである。食事の際には、たいがい連れ立って食堂に行った。

「Nさんが食事をしているの、見たことありますか。」

Dさんは、突然声を潜めて話しかけてきた。

「見たことはありませんが、ベッドの側まで運んでもらっているのではありませんか。」

「いや、全く食事はしていないそうです。」

そういえば、ベッドにいない時でも点滴台を押しながら歩いていた。「食事だけが楽しみですね」などと、同じ室内で軽口をたたいた自分がいやになった。

私は、退院の二十日ほど前に、内科から外科に移された。エレベータの前でのN青年との再会は、それ以来のことである。「どう調子は?」と、思わず声をかけた。ちょうどその時、昇りのエレベータのドアが開いた。N青年は蒼白い陰のある美しい瞼をふせたまま、黙ってそのエレベータに乗りこんだ。私は、自分の軽率をまたしても愧じながら、入れ違いに止まった隣のエレベータで、地上一階に下りた。

(「乾河」四十三号・二〇〇五)

二冊の本

この冬の手術後体力は順調に回復、インターフェロン治療を受けるため、一ヶ月ほど再入院することになった。入院の際には、たくさんの本を抱えこんで、結局はほとんど読まずじまいとなる。今回は、二冊に限った。

一冊は、執筆者のひとりであるSさんから頂き、そのままになっていた山本證等編著「チャタレー夫人の恋人考」である。いまひとつは、そこここ拾い読みはしたが、じっくりと考える暇がなかったラッセルの「私の哲学の発展」である。二冊を鞄に入れようとして、奇妙な取り合わせに可笑しくなった。

ロレンスに興味をもったのは、高校生の頃の「チャタレー裁判」であり、文学的興趣ではない。実際、「虹」を読んで、冗長な年代記に匙を投げた。ロレンスの教祖的生き方にも反発を覚えた。だが若い頃の「ロレンスの手紙」は、いまも折りにふれて愛読している。

同じ頃、人類の知的奇跡を少しでも辿ってみたいと、偶然目にとまったラッセルの「西洋哲学史」三巻を買った。思ったより平明で、哲学的訓練を受けていない私でも、ほどほどに理解できた。ラッセルの哲学史は一九五五年刊、ロレンスの手紙は一九五六年刊である。

二冊の本を読んでいて、人にはアクション型とリアクション型があると思った。創造的な人間は、自己の内的欲求にのみ従うアクション型である。リアクション型の人間は、環境や他人に反応して初めて何事かを為す。後者の成果は、「科学革命の構造」の著者クーンのいう累積的知の域を出ない。パラダイムシフトを起こすような革命的成果は、アクション型人間の専権事項である。

ラッセルとロレンスは、アクション型に近いというか、ともに独我論者である。数理哲学者とデモーニッシュな作家の間に接点などあるはずもないと思っていたら、一九一五年のオットリーヌ・モレル夫人宛の手紙には、「ラッセルがここに来ています」とある。ふたりで、何か永遠の神に一致するような団体を設立するつもりだ、とロレンスは書いているが、独我論者同士うまくいくはずがない。

詩人は本来アクション型であるべきだが、私はリアクション型である。詩を書く内的欲求に乏しい。

インターフェロンの副作用について、医師の説明を受けた際、「鬱になり、稀に自殺することもある」と聞き、家人は病室にあった鋏をさっさと持ち帰ってしまった。まさかと笑ったが、リアクション型の私である。手術後の数週間にわたる記憶が欠落している私に驚いた家人には、あり得ないことではないと映ったのだろう。

（「乾河」四十四号・二〇〇五）

乗物酔い

幼児期の想い出は、たいがい周囲の人から聞かされたり写真などから複製されたりしたものである。三島由紀夫は、産湯を使ったときに濡れた盥の縁が光るのを覚えていると、何かに書いてあったような気がするが、にわかに信じがたい。

私の一番古い記憶は、汽車に酔って嘔吐したことである。学齢前であった。豊肥線の一駅隣りの中判田から、父と一緒に帰る途中である。母は私が生れた翌年に死んでいるので、あるいは法事か何かで母の実家に行った帰りかもしれない。車中で干し柿を食べたあと、急に吐き気を催した。以後私は、乗物酔いに悩まされてきた。

乗物は、運転者の指示どおりに動くように設計されている。しかし、最近では、運転者の指示がなくても制動がかかったり、進路を変えたりする。その方が安全であるというから始末が悪い。

今、私が係わっているプロジェクトは、いわゆるポストゲノムのプロテオーム解析を行っている。細胞組織内で遺伝子がコードする蛋白質の変異を測定して、病気の発症や進展などの因子を調べている。

先日、キム・ステルレルニーの「ドーキンスVS．グールド」を読んでいたところ、すべての生物は、ドーキンスの「利己的遺伝子」にとって、ただの乗物にすぎないとある。遺伝子は、個体をレンタカーのように乗り捨て、自己複製をはかり、生き延びている。子供をもった後の人生など、遺伝子からみると無用の長物であるに違いない。

仮に、個体の生の喜びや悲しみが、利己的遺伝子の生存のための撒き餌であるにしても、それらをもとに生まれた文化までもが、遺伝子の社会的形質の発現とは限らないだろう。所詮、文化は遊びである。詩を含めて、遊びはその無用性から、利己的遺伝子に対する個体の側からの反逆ではあるまいか。乗り捨てされるレンタカーも、時に運転者の意思を無視して止まったり、横道にそれたりして、路傍の花を愛でるのも悪くはない。

早い話が、セックスやそれに伴う快感は、利己的遺伝子の発現に違いないが、生殖から離れた美的エロスはやはり遊びである。最近の少子化現象なども、遺伝子の自己複製に対する社会的な自動制動の好個な例であろう。もっとも、それすら人口過密での全滅をおそれる利己的遺伝子の深慮遠謀であると言われれば、もはや返す言葉もない。

今の私は、自分が乗物か運転者か定かではない。実際には河川敷に乗り捨てられているのに、未だ乗物酔いに似た嘔吐感に苛まれているようだ。


（「乾河」四十五号・二〇〇六）

引越し

引越しといっても、寝室が二階から一階に移っただけである。十五年ほど前、今住んでいる家を建てるときに、寝室はとりあえず二階にしたが、いずれ二階に上がるのが難しくなる日がくると思い、寝室の直下に同じ広さの部屋を用意して、仕事部屋に使っていた。二階に上がるのが困難になれば、当然仕事をやめているに違いないと、我ながらこの設計の先見性に満足していた。

昨冬、再手術を受けて、夏の間はまだしも、この冬を二階で寝るのは億劫になり、寝室を一階に移すことにした。ところがいろいろ事情もあって、しばらくは仕事を続けることになった。空いた二階を仕事部屋にすればすむのだが、そもそも二階に上がるのが面倒なのだから、そうはいかない。やむなく狭い庭先に小さな部屋を増築した。

ついでにわずかな蔵書も処分しようとして、ふと三十年余り前に、古い実家を壊したときに持ち出した父のスクラップが目に留まった。大分の地方紙の文化面をスクラップしたものである。期間は昭和二年から十年くらいであるが、十年以降はわずかである。明治四十年生まれの父の二十代に当たる。

当時、父は俳誌「石楠」の臼田亜浪に師事、俳句に熱中していたらしく、内容は俳句中心である。詩、短歌、絵画なども、少しだが含まれている。牧水の死により、短歌の選者が土屋文明に変わったとの記事もある。

俳誌「石楠」も二冊残っている。「石楠」の昭和四年八月号に、父が亜浪のお伴をして書いた九州周遊記が掲載されている。八幡から長崎、久留米、鹿児島と回っている。

水の中行くと思いし蜻蛉とぶ　　亜浪
花桐や光はらみて山の中　　素月

素月は父の俳号である。いささか大仰な紀行文には閉口するが、五月十七日、今私が住んでいる近くの青島にも一泊している。このあと大分の実家の離れでも、亜浪を囲んだ句会が持たれたらしい。

戦後、復員してきた父はしばらく句作していたが、農地改革で暮らしに追われるようになり、私が中学に上がる頃には句作から遠ざかっていた。時々縁側に、同じ石楠系の松村巨湫の俳誌「樹海」が投げ出されていた。

今私の手元に、和綴じ「定本加藤楸邨十句」多摩書店、昭和二十六年刊の限定百五十部中の二十九冊がある。貧しい父が買い求めたものである。

ながきながき春暁の貨車なつかしき　　加藤楸邨

（「乾河」四十六号・二〇〇六）

ボーロ

Oさんは、長年ボーロを作っている小さな会社の社長さんである。ボーロといっても、卵色の丸く小粒の菓子ではない。掌くらいはあるフランスパンのような固さの黒褐色の菓子である。Oさんの会社は自転車操業である。来るときはたいがい金策である。私には話を聞くだけしか能はないが、それでも年に一度か二度は来てくれる。

「困りました。」

会うなり、嘆息をついた。いつも疲れきっている。緩慢な所作、話し方は生来かもしれないが、その割にはあちこちまめに顔をだす。

「どうしました。」

「いや、石油が上がったでしょう。あれでうちも大打撃を蒙っていますわ。」

ボーロは焼き菓子に近い。燃料か電気の消費量が多く、コストアップになったに違いない。

「いやなに、砂糖の値段が急騰しましてね。」

「砂糖も、サトウキビの搾汁を煮詰めるには、相当の燃費がいるのでしょう。」

「バイオマスですよ。車のガソリンの代替にバイオマス由来のアルコール燃料を使うというので、大手商社がサトウキビを買い占めているらしいのです。」

私は、オイルショックのとき、石油の代替燃料の調査をしたことがある。アルコールとガソリンを混合したガソホールは、当時南米では実用されはじめていた。石油埋蔵量に関するローマ報告書がでた頃の話である。

バイオマスは、いままた再生可能な資源として話題の的である。先日も有名大学の先生が来県、バイオマス技術こそ持続可能な社会の鍵である、と講演して帰った。

考えてみれば、地球は開放系といっても、外部から利用可能なのは太陽エネルギーだけである。このエネルギーの唯一変換媒体が植物である。植物を草食動物が、草食動物を肉食動物が食べる。人間のように意地汚い雑食動物はどちらも食べる。食物連鎖も、つまるところは光合成にいきつく。石油や石炭も元はバイオマスである。

単純な私は、著名な先生の話にすぐに感銘したが、まさかバイオマスへの関心が、ボーロ原料の砂糖の値段を吊り上げ、Oさんの会社の経営を圧迫しているとは思いも及ばなかった。持続可能な社会や未来技術を論じる先生は知識人に過ぎないが、Oさんは、私の愛するフィリップの「小さな町で」の住人である。

（「乾河」四十七号・二〇〇六）

夕張の春

本誌前号で、フィリップの「小さな町で」を引用した途端に思い出した。私にはもう一つの大切な「小さな町」があった。小山清著「小さな町」である。

一九五〇年代の中頃、高校生だった私は駅を降りると、学校とは反対方向にある県立図書館に入り浸っていた。小山清の「落穂ひろい」や「小さな町」を読んだ。ひとが生きることの貧しさ、清らかさ、美しさ、それを書くために生活のすべてを賭したような作者の生き方に惹かれた。私は若かった。こんな詩を書きたいと思った。

私の書架には、小山清の本は一冊もない。五十年以上前に読んだ作品の記憶もない。ただ冬の木立のように静かな小山清の文章のたたずまいが、私の脳裏にいまもわずかに残っている。

私は、そのかすかな記憶を確かめたいと思って、インターネットで古本を探した。驚いたことに、この十月、「小さな町」は、みすず書房から再版されていた。しばらく、発注をためらった。読みかえすことで、あの清らかな記憶が失われるのをおそれたのだった。

一週間前、私の手許に新刊の「小さな町」が届いた。表題の「夕張の春」は、巻末に収録されている。本書の年譜によると、筑摩書房からでた初版「小さな町」は、一九五四年刊とある。翌五五年には、私は炭鉱や土木工事で使う産業爆薬用の雷管製造工場で働いていた。

石炭から石油へのエネルギー転換により、炭鉱が閉山に追い込まれ始めたのは、それから五年後のことである。小山清が夕張の炭鉱で働いていた一九四七年頃は、炭坑町がもっとも活気にあふれていたはずである。「夕張の春」には、貧しさの中の豊かさが垣間見える。

炭住長屋が次々と新築され、その都度新婚家庭が生まれる。主人公の信吉は、ようやくの思いで同じ坑夫仲間の先輩の娘お雪を誘い、雪解けの水溜まりを避けながら夕張神社の裏山に登る。信吉はお雪の眼差しを求め、お雪は信吉の視線に応えて水溜まりに指先を浸す。信吉もすぐにそれに倣う。瞬間、二人の胸のうちを春の水が流れる。あたかも電解液に浸された二本の電極のようである。

夕張市は、いま債務超過で破産している。行政の村おこしや町おこしの机上プランの末路で、行き暮れているのは信吉やお雪の世代である。私もまた初心を忘れ、泡沫のごとく時代の流れに浮沈し、ついに一篇の詩のために一身をなげうつことができなかった。

（「乾河」四十八号・二〇〇七）

青い獣

もう長い間、私のなかに青い獣が棲んでいる。いつから棲みついたかはっきりしないが、そのきっかけははっきりしている。

私は、かつて一面識もない神戸在住の詩人畑健彦さんに手紙を出して、畑さんのトラークル訳詩集『原初への旅立ち』（国文社、一九六八年刊）の残り少ない貴重な一冊をいただいた。そのなかの詩「夏の傾き」の終わり近くに、青い獣が出現する。

後になって私は、ハイデッガー選集第十四巻「詩と言葉」（三木正之訳、国文社、一九六九年刊第一版第四冊）のなかの「詩の中の言葉—ゲオルク・トラークル詩の論究」を読んで、ハイデッガーがこの青い獣に言及しているのを知った。ハイデッガーによると、青い獣は、死の途上にある見知らぬ旅人の径を観じつつ思い起こすことを付託された「理性のある動物」であるという。この動物をハイデッガーは、いまだに確立されていない人間の本性としているが、私には青い獣こそ詩人であり、詩人の使命とはこの付託に応えて、死の季節へと傾く旅人の夏の終わりの小径に思いを馳せることのように思える。

昨年の八月二十八日、私は三度目の肝細胞癌の摘出手術を受けた。正直なところ、もう手術は無理であろうと、覚悟して入院したが、検査結果、もう一度手術が可能であるとの医師の診断を受けて、踏み切った。さすがに前二回とは異なり、予後の回復は遅れがちだったが、いまは何とか日常に復している。

家人によると、今回は、ことのほか麻酔禍による幻覚行動が激しく、ベッドに拘束まではされなかったものの、周りの者にずいぶん迷惑をかけたらしい。どうやら、長年飼いならしたつもりの青い獣が理性を失い、跳梁していたにちがいない。以来、私は理性というものを信じない。

……おお、薄明の、ヒヤシンスの色した面の厳粛よ　（詩「途上」部分）

トラークルは、十代の終わりから麻薬に親しんでいた。その死も、多量の麻薬の誤飲か、あるいは自殺かはっきりしない。けだし、ヒヤシンスの青、矢車菊の青、青い鐘の響き、それらトラークルの青の直接性、その冷やかな感触を私は信じる。トラークルにとって、「薄明」とは夜明け前の薄明というより、麻薬からの覚醒時の薄明であろう。トラークルは詩「幼年」でいう。

魂は青い一瞬の瞬きをすぎぬ

（「乾河」四十九号・二〇〇七）

宮崎の先達詩人たち

本年は、宮崎が九州詩人祭の当番県に当たるらしい。らしいというのは、この詩人祭に私はほとんど出席したことがないからである。

ところが、今年は予定された講演者のひとりの都合がつかなくなり、急遽私にお鉢が回ってきた。「生誕一〇〇年・宮崎の先達詩人たち」について、話せということである。現代詩の先達が生誕一〇〇年を迎える歳月の推移には、私なりの感慨もある。引き受けることにした。

どの県にもいると思うが、宮崎で該当する詩人は四人、嵯峨信之（一九〇二〜一九九七）、神戸雄一（一九〇二〜一九五四）、富松良夫（一九〇三〜一九五四）、渡辺修三（一九〇三〜一九七八）である。

このうち、面識のあった詩人は、嵯峨さんと渡辺さんだけである。嵯峨さんは都城出身であるが、上京後、宮崎に住んだことはない。望郷の思いは強く、処女詩集「愛と死の数え唄」（一九五七）にも、「日向抒情歌」十五編が収録されている。「本気で詩を書くなら、東京に来ないとダメだよ」と言っていたが、晩年はよく帰省していた。詩人の遅い詩への復帰をうながした真因を、私は聞き損ねた。

渡辺さんは、十年足らずの在京生活から帰郷後、延岡を離れたことはなかった。早稲田で西條八十に師事。処女詩集「ヱスタの町」(一九二八)で現代詩の旗手の一人と目され、「詩と詩論」「詩法」などにたくさんの詩を発表している。しかし、私が訪ねた頃は、戦前のモダニズム風の自作を拒否、その悲歌を南国の空に響かせていた。

神戸さんと富松さんは、私が宮崎に来た前年になくなっている。神戸さんは串間の出身。上京後、萩原恭次郎等と「赤と黒」を創刊、処女詩集「空と木橋との秋」(一九二三)以降、金子光晴、小野十三郎等ダダイズム系の詩人と活動をともにしている。一九四四年帰省、戦後は請われて宮崎日日新聞の文化部長を務めているが、絶筆「鶴」には詩人としての苦渋の色が濃い。

富松さんは脊椎カリエスのため、生活の場が都城に限られていた。処女詩集「寂しき候鳥」(一九三〇)で、「牧神」同人、大木実、藤田文江等の知己を得る。クリスチャンであるが、その清澄な詩風は、八木重吉とはまた異なる希求を表白している。独学でフランス語を習得、戦後は率先啓蒙家としての役割を担っていた。

これらの詩人の生涯は、いずれも詩のデーモンに食い散らされており、残された詩は蒼白な紙片のようである。

(「乾河」五十号・二〇〇七)

チェーホフの憂苦

先日、空港の本屋で、浦雅春著「チェーホフ」岩波新書を買った。若い頃に読んだチェーホフのいくつかの短編小説の細部はもう思い出せない。ツルゲーネフの「猟人日記」には素朴な郷愁をそそられたが、チェーホフの憂苦は、いまも私には他人事ではない。

本書によると、一九世紀末、ロシアの帝政末期にチェーホフが抱いていた憂苦は単純ではない。チェーホフは思想を信じない。出来事に意味を見いだせない。

トゥーゼンバフ　「意味……今雪が降っています。何の意味がありますか？」（「桜の園」から）

本書からの孫引きである。ただひとつ、チェーホフの未来は、確たるあてをもたないが、かすかに希望の光を帯びている。私にはそう思える。チェーホフの短編が滑稽で哀しいのは、この無意味と希望との矛盾のせいである。

チェーホフは医者である。私の好きなカロッサも医者である。中村佐喜子著「ロレンスを愛した女たち」中公文庫を読んでいたら、死の直前、スイスに移住したロレンスがカロッサの診察を受けていたのには驚いた。結核専門医のカロッサはロレンスに本当の病名を告知しなかったらしい。トーマス・マンとは異なり、第二次大戦中にヒットラー政権下のドイツに止まったカロッサの憂苦も深い。

久留米の詩人丸山豊の軍医としての従軍記「月白の道」は、中国の雲南からビルマをよぎってタイのチェンマイまでの優に二〇〇〇キロメートル余におよぶ泥まみれの敗走記である。水上閣下自決の執行を名指された丸山は、まだ微かに脈のある閣下の手首を上官の命で切り落とし、荼毘に付したのちに遺骨を三角布に縫い付けて出発する。カロッサにも第一次世界大戦の従軍記「ルーマニア日記」があるが、丸山は本書のあとがきで、「平和については、今日の今日までほとんど唇にのせたことがありません」と、戦後思潮への憂苦をもらしている。

三人とも町医者である。町医者は科学者というより、技術者にちかい。技術者は理念とは無縁であるが、眼前の出来事から目をそむけることはできない。技術者の憂苦は、けだし絶望ではない。私は、十八歳の時、一度だけ久留米で小柄な丸山豊に会ったことがある。後年、拙詩集「方法」を送ると、丸山からハガキが届いた。その前に出した袖珍本「野いちご」はよかった、とだけあった。丸山は、私の屁理屈好みを間接的に戒めてくれたのだった。

（「乾河」五十一号・二〇〇八）

雲の端居

福岡県小郡市に、野田宇太郎文学資料館がある。私はまだ拝観したことがない。たまたま昨年企画された「宮崎の文学展」が縁で、同館の山下徳子さんから「五足の靴・百年」というブックレットが届いた。

「五足の靴」は、与謝野寛、平野万理、吉井勇、北原白秋、木下杢太郎の五人の若い詩人たちが、一九〇七年の夏の長崎を行脚し、後に白秋の第一詩集「邪宗門」などの南蛮趣味文芸の誘因となった旅行記である。野田宇太郎が木下杢太郎に傾倒していたことは、同ブックレットの井上洋子「木下杢太郎から野田宇太郎へ」で知った。

私は野田宇太郎と直接の面識はないが、野田の第一詩集「北の部屋」を「詩法」六号（一九三五）で紹介したのは延岡の詩人渡辺修三である。その渡辺の第三詩集「農場」（一九三七）は、わずか一六頁の袖珍本として野田の手により出版され、戦時下の丸山豊や安在均に愛読された。また渡辺の代表詩集「谷間の人」（一九六〇）の出版の際、東峰書院を紹介したのも野田である。野田宇太郎は、延岡にも何度か来ており、約一月に及ぶ「ヨーロッパ文学の旅」では、渡辺と行をともにしている。旅行の後にでた野田の自作自装限定本「羅馬の虹」（一九七〇）を渡辺に買わされた記憶があるのだが、奥付をみると値段はない。

山下さんの手紙には、福岡の詩人山本哲也の追悼文掲載紙の写しも同封されていた。山本さんとは略同世代で、同じ九州に住みながら会ったのは一度だけである。一九七六年に博多で開かれた九州詩人祭のときだった。わざわざ私たちの部屋に来て、他愛ない話にじっと耳を傾けていたのが印象的であった。

最後にもらった葉書は、山本さんの本への返礼のまた返書であった。術後の私が、その気になればもっと会う機会があったのを逸して、と悔やむと「お互いにこの年になるといろいろあります」とあった。そのいろいろが大腸癌であったことを、私は死亡記事で初めて知った。

夢の岸にとりのこされて
男は　おもっている
こうやって剝きだしのままくさっていくのだ
肉体なんて
しょせん余分なものだ
（詩「雲」部分）

肉体が余分なものとは思わないが、山本さんと私を繋いでいたのは、雲の端居にとり残されたまま腐ることもできない人間の想念である。

（「乾河」五十二号・二〇〇八）

私の図書館

私が二度目の手術を受けるために、数年前大学病院に検査入院したときだった。隣のベッドにいたKさんは、起居すら不自由であった。ベッドのかたわらに降り立ち、手すりを伝って半周するのに三十分は要した。それでも朝夕二回は、下半身の屈曲運動を怠らなかった。

そんなKさんも、私が入院して一週間後には、退院を迫られていた。Kさんには身寄りがなく、日南市の自宅ではひとり暮らしであった。到底、ひとりで生活できる体ではない。この病院にはソシアルワーカーはいなかったが、看護師長が市や関係団体と交渉し、何とか目途がたったのか、予定通り退院した。

Kさんは、もともとJAの農業指導員であった。若いころ十年あまり、大分の農協に出向して、蜜柑の栽培指導をしていたという。

「大分はどこですか。」

「滝尾です。」

「えっ、滝尾は私が生まれ育った田舎ですよ。滝尾農協の組合長は二宮先生でしょう。」

「そうです。大変偉い先生でした。」

Kさんは遠くを見るような目つきで頷いた。滝尾は、大分市の郊外で、大分川にそって東南に長くのびた農村である。滝尾農協は、その中心に位置する旧小学校のすぐ前にあった。組合長の二宮先生は全盲であったが、その識見はつとに知られていた。父よりは年長で、村ではみんな二宮先生と尊称していた。

農協の入り口の左端に小さな本箱がひとつあった。誰でもノートに名前を書くだけで、借りることができた。敗戦直後で、田舎の小学校にも図書室はなかった。

小学校の高学年になっていた私は、本に飢えていた。別に子供向けの本を置いてあったわけではないが、学校帰りに、農協に立ち寄るのが日課のようになっていた。図書係は佐野さんという小柄なお姉さんだった。しげしげ通う変わった子供の私を覚えていて、親切にしてくれた。私は、すぐに佐野さんが好きになった。

食べるのも困難な時代に、この小さな図書館を設けたのは、むろん二宮先生の発案にちがいない。選ぶほどの蔵書はなく、私は片っ端から読んだ。吉川英治の「新書太閤記」を始め、大部分が戦前に出版された大衆小説であった。しかし、私はここで本を読む喜びを知った。

それにしても、小学生の私には何とも歯が立たなかったのが「大塩平八郎」の伝記であった。

（「乾河」五十三号・二〇〇八）

DNA

ここ四年あまり携わってきた産学官による共同研究プロジェクトが十二月で終わる。研究テーマは、ウイルス性癌の進展機序の解明とそれを抑制する機能性食品の開発である。対象ウイルスは、C型肝炎ウイルス（HCV）と成人T細胞白血病ウイルス（HTLX1）である。いずれも感染して三〇年、五〇年後に発症する厄介な疾病であり、後者は南九州の風土病ともいわれている。研究は疾病による遺伝子多型や関連蛋白質の解析が中心であるが、むろん私は素人の助っ人にすぎない。

私が遺伝子という言葉と初めて出会ったのは、一九七〇年代の前半である。アメリカ留学から帰ったばかりのKさんが黒板に二重螺旋を描き、興奮気味に新知識を披露してくれた。ワトソン&クリックの発見から二〇年後のことである。しばらくして、コーエン&ボイヤーの遺伝子組み換え特許がでてきて、周囲がにわかに色めきたった。その時には、よもや七十歳を越してまで遺伝子に係わる仕事をすることになろうとは思わなかった。

先日、書店でワトソンの自伝的著書「DNA」が眼にとまり、思わず買ってしまった。同書のなかで著者は、博物学者にでもなろうと思っていた大学生を分子生物学者に変えてしまった一冊の小冊子を挙げている。物理学者シュレジンガーの「生命とは何か」である。いつごろこの本を読んだのか定かでないが、シュレジンガーの提唱したネゲントロピー（負のエントロピー）は、私の自然観を一変させた。ネゲントロピーは死語になりつつあるが、解放系で生きる生物が外からの負のエントロピーを摂取し、体内で増大したエントロピーを外に排出し、その差を糧にしていることに変わりはない。端的にいえば、エントロピーの小さいリンゴを食べてエントロピーの大きい糞をだし、その差で生きている。代償として、消費した差分だけ、環境全体のエントロピー（乱雑さ）を増やしていることになる。

生きるとは、環境を乱雑にし続けることである。私などは、そのうえ文字通り乱雑に生きてきた。ようやくエントロピーの極大である熱的死にいたろうとして、環境負荷の軽減に寄与できそうでもあるのに、周章狼狽して薬漬けになっているのはわれながら笑止である。時間の矢印に対して不可逆的なこの熱力学の第二法則を完成させたボルツマンが自死にいたった絶望を知るよしもないが、ヒトが獲得した知の不条理を思うと、凡庸な私も暗然となるばかりである。

身の秋や今宵をしのぶ明日もあり　　蕪村

（「乾河」五十四号・二〇〇九）

知覧

先日、所用で鹿児島に行ってきた。折角なので、家人を伴い、一泊して知覧町まで足をのばした。知覧は、かつての特攻隊基地である。その跡地には、今は特攻平和会館を中心に、知覧茶屋特攻物産館まである。食堂や土産店が立ち並び、まさに観光スポットである。平和会館に展示されている少年特攻隊員の多数の写真を見た後では、外の雨上がりの陽光は眩しすぎたが、あどけなさの残った少年兵には、神社に祭られるより早春の日差しと賑わいの方が似つかわしい。

一九四四年から敗戦の年にかけて、私の家にも海軍の乙種飛行予科練習生が十五人ほど分宿していた。最年長だった中村さんは数えの二十一歳、一番若い中尾さんはまだ十七歳であった。消灯時間後座敷の燈を落とし、みんなでトランプに興じているところを上官に見つかった。全員庭に呼び出されて、班長の中村さんがビンタをくらった。中尾さんは、国民学校低学年だった私をよくからかい、カタパンや金平糖を分けてくれた。

戦争末期に近いその頃、予科練生は毎日トロッコを押して土方のような仕事をしていた。トロッコ鉄道は、家の前の小川の土手から里山まで敷設されていた。夕方、作業が終わると、線路脇にトロッコをひっくり返して帰ってきたが、子供の出番はそれからだった。トロッコを線路に戻して坂上まで押し上げ、飛び乗っては歓声をあげて下った。ある時、私だけが線路の中央にとり残され、トロッコに押し倒されて左腕を折った。祖母に叱られながら、村に駐屯していた軍医の応急手当てを受けた。大人用のギプスしかなく、腕を曲げることもできずに一晩を過ごした。

翌朝、祖母と近所の宇三郎じいさんの三人で、別府の接骨院に出かけた。大分市内に入ると、空襲警報で電車が不通だった。市内の外科医に診てもらっての帰途、大分川を渡りおわったとたんに、艦載機が急降下してきた。私たち三人は、貯蔵甘藷を掘り出した跡の穴に駆けこみ、一本の蝙蝠傘の下に身を寄せて機銃掃射をやりすごした。老人と子供なので、見逃してくれたのだろう。

敗戦の三ヶ月ほど前、予科練生にもついに出陣命令が下った。芳名録に、全員が住所氏名と決意を書き残して去った。敗戦の日から二十数年後に、帰還したひとりの予科練生が父を尋ねてきて、地元のテレビ局の取材を受けたことがある。半数以上は戦死と聞いている。長野県出身の中村さんは、無事帰ったら必ずリンゴを送ってやると約束してくれたが、リンゴが届くことはなかった。

（「乾河」五十五号・二〇〇九）

書物

私は読書家でも、愛書家でもない。詩もあまり読まない。しかし、書物というものは奇妙な力をもっている。

中学から高校を卒業するまで、私は大きな蔵の屋根裏で寝起きしていた。天井も間仕切りもなく太い梁がむき出しの屋根裏の中央に六畳ほどの畳が敷かれており、私はそこに机と小さな本箱を置いていた。周りに大きな長持がたくさんあったが、覗いたことはない。その本箱にダヌンツイオの「死の勝利」が立っていた。父の蔵書の残滓だったとは思えないが、いつからそこにあり、いつどこへ消えたのかも思いだせない。

「死の勝利」は、戦前の総クロスの分厚い本で、金箔だか銀箔だかで刻字されていた。一行も読んでいない。訳者も知らない。ただ、書物というと、まずこの本を思いだすから不思議である。

そういえば、私が幼少年期に接した本はいずれも出所不明で、ちゃんと一冊の体をなしていたものもあるが、全ページがそろっているのは稀だった。ゲーテの「若きウエルテルの悩み」もそんな一冊だった。厚いクリーム紙を細い糸でかがったもので、その細い糸がところどころほつれ、頁が脱落していた。幸い、ウエルテルが幼い子供たちに囲まれたロッテを見かける最初のシーンと、ロッテの名前を呼びながら拳銃で自殺する最後のシーンは残っていた。

表紙はなかったが、アラビアンナイトの抄訳らしき本も同様だった。装本はウエルテルと同じで、活字も大きく読みやすかった。翻案の世界文学叢書の一冊だったかもしれない。私が読んだのは、山に登り、下山の途中禁を破ってふりかえると石にされるという話だ。何のために登るのかは忘れたが、路傍にはすでに石にされた幾多の勇士の像があった。お姫様の救出だろう。読み返すたびに、私の心は石像に凍りつき、その夜は寝つけなかった。

四十年ほどまえのことだ。東京の病院に一年近く入院していたとき、トルーマン・カポーティの「遠い声、遠い部屋」を読んだことがある。彼の描く幼年世界の異様な時空間におどろいたが、記憶の世界の脈絡の欠如は、まさに細いかがり糸のような神経網の脱落とアナロジーでもある。やがて記憶は枝葉を失い、ミロやクレーの記号のように単純化されるにちがいない。

これから読むこともないと思うが、「死の勝利」という書物の黴臭い質感だけは、いまも私の神経網に鉈のように貼りついている。かすかな希望でもあるのだ。

（「乾河」五十六号・二〇〇九）

冬薔薇

ラジオで、ベルリーニの歌劇「夢遊病の女」の中の「ああ、もう一度だけ、花よ、こんなに速くしぼんでしまうとは」を聴いた。ベルリーニは、三十歳のときにこの歌劇を作曲し、四年後には亡くなっている。歌っていた外国の女性歌手の名前は忘れたが、哀切きわまりない歌声にうたれた。どんな楽器も、この人間の鍛錬された肉声に及ぶことはないだろう。

ふと見ると、庭先の鉢に、数年前切り花で買ってきて家人が挿し木した薔薇が、今年も小さなピンクの花をつけている。冬薔薇とは、しぼまない花の謂いでもある。高森文夫に「冬薔薇」という詩がある。

花園の土　荒き季節
短か日　暮れやすきころ
剪定を忘れし　枝に
冬薔薇　侘びしく咲きぬ

花園に　花もなき季節
戸外には　人気もなきころ
冬薔薇　独りし咲きぬ
あはれなる　冬薔薇かな

高森は、ルビをふって、「季節」を「とき」と読ませ、「冬薔薇」を「ふゆそうび」と読ませている。戦後詩は、かかる詩の美しさを忘れてひさしい。

「薔薇（そうび）」といえば、ブレイクの「おお薔薇、汝病めり」というエピグラムがある。「薔薇（ばら）」では具合がわるい。このエピグラムが佐藤春夫の「西班牙犬の家」だかに引用されていることを教えてくれたのは、詩人渡辺修三であった。「おお薔薇、汝病めり」いい言葉だ。渡辺は自分に言い聞かせるようにくりかえした。

偶然立ち寄った荻窪の古本屋で「ブレイク聖版画集」（柳宗玄編、みすず書房刊、一九五八）を買ったのは、このエピグラムのせいである。買ってはみたが、ブレイクの幻視画は、あらあらしく好きにはなれなかった。

軟弱な私は、およそ荒々しいこと、苛烈なことを避けて生きてきた。時に避けがたいこともあったが、争うより逃げる方を選んだ。

色の乏しいこの季節の庭に、セイジの赤い花が美しい。花に、季節外れのモンキチョウが羽を休めている。もう動けないのだ。隣家のベランダの洗濯ものの向こう、一瞬だが夕空がレモン色に冴えわたった。

（「乾河」五十七号・二〇一〇）

うわの空

前号で、ブレイクのエピグラム「おお薔薇、汝病めり」の佐藤春夫による引用を「西班牙犬の家」だかと、あいまいに記したが、やはり間違いであった。「田園の憂鬱」であると、詩人の小柳玲子さんが教えてくれた。

佐藤春夫の「殉情詩集」は、中学生のころ改造社の円本で初めて接した大人の詩集である。「海辺の恋」や「少年の日」は、今も半ばそらんじている。教科書で接した「車塵集」のなかの「水彩風景」も美しい。

杏咲くさびしき田舎
川沿いや家おちこち

入日さし人げもなくて
麦畑にねむる牛あり

原詩の最終行は「牯牛麦中宿」とある。こんど初めて注記で知ったことだが、「牯牛」は去勢された雄牛のことらしい。詩人紀映准は早くに寡婦となり、節を守って生涯を終えたとある。思いあわせると、この淡彩風田園詩は、一挙に複雑な色合いを帯びてくる。牯牛に託された閨秀詩人の思いを訳詩から読みとることは難しいが、「牯牛」を「牛」とした佐藤春夫の抒情小景の方が好ましい。

詩人は、ひとつの語に、その時々のさまざまな思いを過剰に課しがちであるが、歳月を経て残るのは、語本来の核観念とでもいうべきものかもしれない。そうであっても、語に新しい彩りを添えるのは、詩人の生きた時代や個人的な思いであるから、話は少々ややこしい。

高校生の時に、吉本隆明の詩集「固有時との対話」がでた。詩は難解にすぎたが、要はひとつの場（街）にX軸（侵入方向）、Y軸（記憶の蘇生方向）、Z軸（忘却方向）からなる三次元空間を設定し、詩人は時間軸を建物（出来事）の背後に倒された影と比喩している。固有時は、出来事の前方（未来）にはなく、出来事の生起と同時に生じ、出来事の背後（過去）に追憶としてのみ揺曳する。ヒトが想起できる時間は、この影でしかない。

以来、どうも私は、私の固有時四次元時空間の軌跡を宙にかかる脆く細い中空のガラス繊維のように感じている。発端も終端も、虹のように地に接することはないのだ。

実際、私はうわの空で生きてきた。学校では先生の声を遠く聞き流しながら、ぼんやりと窓外を眺め、やがて妻を娶り、二人の子供を夢中で育てた。三度の手術後に、私がとったと記憶している行動と、妻がそばで見ていた私の行動とは呆れるほど違っていた。

（「乾河」五十八号・二〇一〇）

なよたけ

高校三年の夏休み前、突然国語の先生に呼ばれて、演劇の舞台監督を命じられた。一九五四年の大分県高校演劇祭出演のためである。もとより経験はないが、すっかり勉強が嫌になっていたので引き受けた。

ところが、私が通っていた工業高校には女生徒が数えるほどしかいない。演劇部だけは、女生徒の多い商業高校と合同だったのがうれしかった。私は、駅前のパン屋にカバンを預け、逆方向の商業高校に通い、部室で下級生の弁当を食べたり、寝ころんで本を読んだりしていた。

その年の演目は、部長の商業高校S先生のオリジナル作品『茶花咲山物語』で、当時話題になった高崎山のサルのノルマ管理を風刺した作品であった。

実はその前年、一九五三年の演目が加藤道夫の「なよたけ」だった。部員全員、よほどこの作品に愛着があったらしい。私が参加した年も、練習は「なよたけ」の挿入歌を合唱して終わることになっていた。「なよたけ」には、「童謡」、「竹取翁の唄」、「合唱」「瓜作りの歌」あるいはそれらの変奏がある。歌声はなかなか終わらない。

どういうわけか、私は終幕直前に瓜生の里の瓜生の衛門夫婦が唄う「瓜作りの歌」が一番好きだった。

笹山の　山坂越えて
山城の　瓜生の里に
我は　瓜作る　瓜作り
ナヨヤ　ライシナヤ　サイシナヤ
我は　瓜作る　瓜作り　瓜作り　ハレ。

加藤道夫の「なよたけ」は一九四六年の「三田文学」に分載され、一九五一年に「ユリイカ」から出版されている。東京での初演は一九五五年とある。高校生の演目にしては早すぎる。後になって、一九五三年は加藤道夫が自殺した年であると知り、それがS先生の動機付けになったのかと考えてみたが、加藤道夫の享年は一九五三年十二月二十二日である。演劇祭は毎年十一月の初旬頃、練習は遅くとも夏休み前に始まっていなければならない。

敗戦の年から講和条約締結前後までの米国植民地時代に少年期を送った私には、文化鍋、文化住宅と軽薄さを揶揄されながらも、あの時代の地方の自由で明るい文化的雰囲気は忘れ難い。私も下手な詩を書いては投稿したりしていたが、今になって詩を作るとは、瓜生の里の瓜生の衛門夫婦が唄う瓜作りと同じ気がする。誇ることもないが卑下することもない。ただ瓜を作る、そのように詩作りに徹しきれなかったことを悔いるのみである。

（「乾河」五十九号・二〇一〇）

椋鳩十文学記念館

所用で鹿児島に行った帰りに、加治木の椋鳩十文学記念館を訪ねた。記念館はＪＲの加治木駅からタクシーで五分あまり、疎林の中にある。動物童話作家に相応しい佇まいである。館長さんによると、ここは、大学を卒業したばかりの椋さんが、夫人の実家である鹿児島に来て仮寓していた跡地であるとのことである。

椋さんは、童話作家としては著名であるが、その文学的出発が詩人であったことを知る人は少ない。椋さんは、久保田彦保（本名・彦穂）の名前で、学生の頃から詩を書いている。詩集に『駿馬』（近代詩社刊、一九二六）、『夕べの花園』（詩之家刊、一九二七）がある。佐藤惣之助の「詩之家」で出会った渡辺修三、潮田武雄、竹中久七と、前衛誌「リアン」（一九三四）を創刊したりもしている。

私が椋さんに会ったのは、渡辺さんが亡くなった一九五三年の秋だった。葬儀に出席できなかった椋さんご夫妻が墓参のために延岡に来たとき、車で渡辺家の墓所に案内した。墓参の後に、椋さんが長野県出身であることを思い出し、延岡の蕎麦屋「更科」で昼食をとった。話がたまたま戦時中の文学活動に及んだとき、「リアンの詩人は、誰も変な詩は書いていないはずです」と語気を強めた。

「リアン」は、竹中久七を中心に急速に左傾し、官憲の弾圧を受けて一九三三年に地下に潜入している。そのときは、すでに創刊時の詩人三人は「リアン」を離れていた。その後の「リアン」の活動は、腰原哲朗著『リアン誌史―一九三〇年代』（木菟書館、一九八一）に詳しい。

「リアン」離脱後、椋さんは漂泊の民、山窩を主題にした『山窩調』（一九三三）を自費出版し、発禁処分を受けている。椋さんの反骨精神は、戦後の鹿児島県立図書館長時代に、GHQの軍国主義的図書資料の排除命令を封印して、図書館の独立性を守ったという挿話にも通じる。前期「リアン」に、「ソニアの口笛」や「赤衛軍発達史」を書いた潮田さんは、道元の世界に埋没していったが、渡辺さんの詩作だけは絶えることなく、小詩集『農場』（糧、一九三七）に美しく結実している。

奇しくも、竹中を除く「リアン」創刊の三人の詩人は、渡辺（延岡市）、潮田（加世田市）椋（加治木町）と、南九州の空の下で没している。しかし、「リアン」創刊精神の臍帯と友情は、終生切れることがなかった。

私は、詩誌「リアン」の前衛誌らしい斬新な表紙と、創刊時の詩人久保田彦保の神経質そうな写真を胸底におさめて、館長さんに見送られながら記念館を後にした。

（「乾河」六十号・二〇一一）

暗箱　――水橋晋さんの夢

昨夏、とり残した肝細胞癌の転移検査で、PET―PCを受けることになり、暗い部屋に封じ込められている。部屋の中には、豆電球と、寝椅子、洗面用品を置く小さな棚があるだけである。寝椅子に横たわり、目を閉じる。

しばらくたつと身体感覚がなくなる。顔や自分の手足が存在感を失い、私は、重力により寝椅子に押し付けられている背中の薄い一枚の皮となる。代わってさまざまな想念が蛍の光のように飛び交う。これらの出来事は、実在とはほど遠く、唯一の観測者である私にとってすら幻影に近い。きっといま私自体が、この暗箱ごとに世間の観測者から隠蔽されているに違いない。

奇妙なことに、その光跡から突如、水橋晋さんの詩の断片が甦った。

《今夜見テイルコノ月ハ
ゴ先祖サマノ夢断片　夢断片
《明日ノ夜マタ見ル月モ
ゴ先祖サマノ夢断片　夢断片……

(詩集『大梟を夫にもった曾祖母』の部分)

水橋さんの詩集は、曾祖父母の結婚、死にいたる壮大怪奇な詩群からなる。詩人江森國友さんの詩誌「南方」のころから、私は水橋さんの作品に親しんでいた。しかし、直接詩集やハガキをいただくようになったのは、この詩集刊行の一九九六年前後からである。いつぞやのハガキに、私が肝臓を患っているのを知ったらしく、「私も肝臓が悪いが、酒は毎晩呑んでいます」とあった。亡くなったのち、晶子夫人から届いた遺稿詩集『沈黙の森』(二〇〇七)には、高校時代の夢の詩もある。

うらゝかな春の朝
空碧く　はつかにかすみて
やぶれ屋の屋根の端よりみえる

桐の花のつぼめる枝に
細長く雲の懸れる
白く朝の日を浴びて

つばくらめ
一つ　雲をよぎりぬ。

（詩集『三つの夢』から「白い雲」全）

故あって、父のアルバムを繰っていたら、曾祖父孝太郎と曾祖母サキの写真がでてきた。生れてすぐに母を亡くした私は、幼いころそのひとり娘の祖母エリに育てられた。私の詩も、私の遺伝子の夢断片かもしれない。

（「乾河」六十一号・二〇一一）

拉致銀座

先日、私は、友人の水居徹さんに誘われて、「北朝鮮による拉致問題解決にむけて」という公開シンポジウムに家人と参加した。

水居さんは、宮崎市で情報関連会社を経営する社長さんである。水居さんの尊父水居明さんは、特定失踪者一〇〇〇番台リストに登載されている。この一〇〇〇番台リスト登載者は、拉致の疑いのきわめて強い失踪者である。

一九八八年七月一七日、明さんは、友人の林田幸男さんと、宮崎市大淀川河口から遊魚船で出港。そのまま帰ってこなかった。ふたりは釣り仲間であった。失踪当時、明さんはまだ五十二歳だった。以前、水居さんから、「父親が拉致被害者かもしれない」という話を聞いていたが、うかつにも私は、宮崎が拉致銀座であることは知らなかった。当日の資料によると、宮崎には、政府認定の拉致被害者一人、特定失踪者が四人もいる。鹿児島県や未認定者を含めるともっと多い。私が住んでいる青島近郊が拉致現場のケースもある。

この四月、肝細胞癌の治療で、四度目の開腹手術を受けた。今度ばかりは、日常生活への適応に難渋している。体力が弱っている私には、被害者家族の悲痛な声には涙するしかない。

私は、医師から退院後リハビリのための散歩を勧められている。暑い日はデパートの買い出しに行く家人に同行したり、青島の松林に涼を求めてでかける。しかし、もともと間歇性跛行の私は、術後の下肢のむくみもあって、いっそう長く歩けなくなった。

先日、青島海岸の波打ち際を歩いていると、ひとりの老女がときどき腰をかがめてビニルの袋に入れている。

「何が採れるんですか。」

「ハマグリですよ。」

地元の人らしい親切な老女は、家人にそう応えて、ハマグリとカニの穴の見分け方を教えてくれた。素人でも、およそ三十分で十個あまりのハマグリが採れた。

その日、青島の海岸は、いつものようにおだやかで美しかった。わたしは、ふと仙台に住む詩人から震災後に届いた手紙が頭をかすめた。技術者のひとりとして、大震災はもとより、原発の惨劇には言葉もない。私は、ずっと以前、詩友の杉谷昭人さんに「原発の真の技術的課題は何ですか」と、尋ねられたことがある。

「使用ずみ核燃料の処置ですよ。」

と答えたが、管理技術に問題があるとは、思い及ばなかった。

（「乾河」六十二号・二〇一一）

一日

病室では、何もすることがない。患者にもいろいろ事情があって、おしゃべりにも注意を要する。それでも、実は結構忙しいのだ。

毎朝、六時に起床の放送がある。たいがい、そのまえには目が覚めている。食事の案内は七時すぎだが、食事がとれるとはかぎらない。採血や検査が入っていると、朝食はヌキだ。

とりあえず、ナースステーションを横目にみて、廊下を散歩する。私は、毎朝一三〇円払って地方新聞を読む。どの記事も遠い。見知らぬ街角のざわめきのようだ。

運よく食事がくる。急ぐ必要はないが急いで食べる。習慣だ。薬を飲む。枕元の用紙に食べた量を書く。糖尿食の私は一日一四〇〇キロカロリー。主食八割、副食一〇割。問題は排便だ。洋式の便所は、病棟に男女各一個しかない。後がつかえていると便はでない。用紙に、大小の排便回数を書き込む。

朝九時、検温だ。三六・八度、平熱より少し高い。看護師が巡回してくる。掃除人が入ってくる。時に担当医が来る。点滴、滴を見ているうちに眠くなる。入浴は、男女一日ごとに午前または午後。浴槽が大きく貯湯に時間がかかる。私は三日に一回、シャワーですます。

もう昼食の配膳車の音がする。昼食後また眠る。夕方、家人が着替えを持ってくる前に、少し本を読もうと、アントニオ・タブッキの『他人まかせの自伝・あとづけの詩学』を開くが、すぐに投げ出す。腕の筋力が弱っているうえに目もかすむ。

タブッキの言葉への不信、いや言葉の虚構性への信頼をもたない者は、詩など書かない。談林俳諧の祖宗因も、「俳諧は夢幻の戯言なり」と言い、ブリス・パランは、「ミツバチは嘘をつくか」と自問、「「言葉は自由であり、その特性は虚偽への権利」と言いきっている。

午後三時の検温は三七・三度、少し高い。タブッキのせいだ。買い物はないが、エレベータに乗り、一度は売店に降りる。夕食六時、食後テレビをみる。消灯九時、それからが地獄である。昼、眠っている。夜は眠らなくても平気のはずだが、そうはいかない。

深夜の静寂に身を沈める仕合せに耐えきれず、ＦＭ放送にチューニングを試みるが、厚い鉄筋コンクリートの病棟である。雑音ばかりだ。

（「乾河」六十三号・二〇一二）

有田忠郎さんの死

有田忠郎さんが三月十一日に亡くなった。私は入院中だった。本多寿さんからのメールで知った。

有田さんに最後に会ったのは、一九九九年、奈良での「乾河」の同人会だった。奈良から京都までの帰りの電車でご一緒した。車中、ゆっくりと話を聴くことができた。

「ぼくはもう詩を書くのは止めます。家内が病気でね。看るのは私の義務だと思っています。」以前からもハガキや手紙で、「最近は、詩の書き方が分らなくって」とこぼしていた。しかし、ほどなくあの最後の詩集『光は灰のように』（書肆山田、二〇〇九）が届いた。どこにも瑕のない至高の美しい詩集である。この詩集が第二五回「詩歌文学館賞」（二〇一〇）を受賞したとき、お祝いの手紙をだすと、「これもひとつの区切りになりました」とハガキが来た。

有田さんからは、それまでも詩集や訳書を頂いているが、私には「夏は広大な音楽をつれて少しずつ傾いてゆく」という有田さんの第一詩集『セヴラックの夏』（書肆山田、一九八四）を手にしたときの歓びほど忘れ難いものはない。

有田さんを最初に知ったのは、私の第一詩集『少女キキ』（思潮社、一九六三）についての「九州文学」二月号（一九六四）の書評だった。このとき私は、まだ有田さんとの面識はおろか、名前も知らなかった。

その後も、有田さんは第二詩集『虹』（昭森社、一九七五）の書評を「アルメ」一五六号（一九七五）に、第六詩集『春２００４』（鉱脈社、二〇〇四）の書評を「宮崎日日新聞」（二〇〇四）に書いてくれているが、一番うれしかったのは、東京での十カ月に及ぶ入院生活で一篇だけ書いた詩「ひばり」評である。これは「九州人」九月号（一九七二）に掲載されている。マラルメの語に主導権を渡す手法から「ことばの処女性」という深い読みを披歴してくれた。これで私は、もう一度詩を書く気力を得たのだ。

有田さんに最初に会ったのは、北九州大学から西南大学のフランス語の教授になったあとだった。田舎者の私は、指定された博多天神の地下レストランに辿りつくのに時間がかかり、有田さんも席を立とうとしていた。何を話したかは、もう覚えていない。

実は本誌同人に推挙してくれたのも有田さんだった。詩誌「赤道」終刊後、発表の場を失っていた私への有田さんらしい心遣いだった。私は、拙作が有田さんの目にふれることをどこかで意識して、これまで詩を書いてきたような気がするが、もうその眼差しはない。


（「乾河」六十四号・二〇一二）

トマト

先日、所用で上京した。家人の買い物の合間に日本橋のタワー書房のなかをぶらついていたら、清水徹著『マラルメの〈書物〉』が眼にとまった。どうせ買っても読むことはあるまいと一度は通りすぎたが、悪い癖でやはり買ってしまった。帰れば入院の予定が待っていた。病院なら読めるかもしれないと思ったが、これも誤算だった。三月と七月、二度も入院したが読みきれていない。

著者は、マラルメが生涯にわたって「至高の書物」を語って止まなかったという。しかし、マラルメは、この美しい書物、世界の霊的構造を透視する究極的、絶対的著作を完成することなく亡くなっている。詩人の〈全的消滅〉の後に残された詩的断片は、破船の漂流物にひとしい。それ自体に何の輝きもなく、まして廃材からもとの船の美しい構造など、到底思い浮かばないらしい。その価値は、無意味な数字の羅列にすぎないとまで言っている。

「無意味な数字の羅列」でふと思いついたのが、晩年のウィトゲンシュタインの私的言語の不可能性の問題である。私的言語それ自体の存在の不可能性と言い換えてもよいだろう。

病院では、担当医や看護師が毎日ベッドサイドに来て、「お変わりありませんか」とか「気分はどうですか」と訊ねてくれる。しかし、私たちが普段使っている公的言語では、うまく伝えることはできないのだ。

「鈍痛ですか」と問われれば、「まあそうです」と答える。たまに「鉛のような痛さですか」と、詩的センスのある医師に訊ねられると、今度はこちらが「鉛のような痛さ」を的確に思い浮かべることができない。ネコが鍵盤のうえを走って生じるピアノの音ですよと、私的言語で言い返したいくらいである。

かつて詩評家の杉本春生が拙著『方法62』の断片について、「獲得が喪失であり、喪失が獲得である」と評してくれたが、この評語は、マラルメの有名な「詩の危機」のなかの「純粋試作」に依拠していることを知った。

私の理解によれば、私が皿のうえのトマトをうまく言語として獲得すれば、トマトの薄い皮に映えていた夏の日差しや白い雲もトマトとともに消失し、シャツに包んで走った少年の日の私も消失すると言うことだ。

入院中、ヒッグス粒子の発見が伝えられた。仮にヒッグス粒子が解明されても、ヒッグス粒子から、トマトが絶滅したあとのひとに、トマトを再現して見せることはできないだろう。しかし、詩人が消失の代償に獲得した言語なら、その美しさの一部を伝えられるかもしれない。気弱になった病人の「海泡」のような夢だ。

（「乾河」六十五号・二〇一二）

みえのふみあき・年譜

一九三七（当歳）
大分市片島八〇一番地で、父善人、母寿喜の二男として生まれる。兄進路（一九三一）姉桂子（一九三四）。
一九四三（六歳）
滝尾国民学校に入学。
一九四九（一二歳）
滝尾中学校入学。
一九五二（一五歳）
大分県立春日高校採鉱冶金科に入学。
一九五三（一六歳）
春日高校採鉱冶金科から大分工業高校工業化学科に改変。
一九五五（一八歳）
大分工業高校工業化学科卒業、旭化成工業株式会社入社。詩誌「花束」二号から同人。二号に詩「厚子—幼き日の君」、三号に詩「あこがれ」、四号に詩「わらべうた—大人のために」発表。第四回九州詩人懇話会（久留米）に本多利通、田中詮三と参加、詩人丸山豊の新築病棟に宿泊。詩人森崎和江を紹介される。
一九五六（一九歳）
「花束」五号に詩「爆弾の池」。同六号に詩「陸軍砲兵伍長の墓の上で」。この詩に関し森崎和江から「このまま、まっすぐに進んでください」と激励を受ける。同誌七号に詩「梅雨」。同誌八号に詩「工場大森林」。同誌九号詩「木枯らしと人形」、同誌一〇号に詩「猫をつれて」。詩誌「花束」は一〇号で終刊。第五回九州詩人懇話会（鹿児島）に渡辺修三、本多利通と参加。詩「梅雨」を朗読。詩誌「花束」同人、矢住涼に再会。
一九五七（二〇歳）
田中詮三と二人誌「律」創刊。詩「夏至」、エッセイ「恋する男になる」。このエッセイにつき森崎和江から共感の手紙を受ける。「律」は1号で廃刊。大分の詩人長谷目源太に手紙を出し、「東九州文学」同人となる。同誌17号に詩「夏至」、同誌一九号に詩「果樹園の女」。
一九五八（二一歳）
詩誌「白鯨」を本多利通、田中詮三、杉谷昭人、

みえのふみあきで創刊。「白鯨」一号に詩「広場」「海賊あそび」「ひょっとこお面」「五月・工場の屋根の上で」「斜塔」。詩誌「南方手帖」二号に詩「白痴の娘」。

一九五九（二二歳）

詩誌「白鯨」二号に詩「恋唄ⅠⅡⅢⅣ」「エピローグ」「朝の声」。この頃、森崎和江から阿蘇で開く「サークル村」への誘いを受けるが不参加。

一九六〇（二三歳）

詩誌「白鯨」三号に詩「霧の男」「池の伝説（母）」「窓」、後記。同誌四号に詩「少女キキ」「エスキス母Ⅰ」、後記。渡辺修三詩集「谷間の人」編集・校正。「詩学」九月号の詩誌月評江森國友「少女キキ」「エスキス母・Ⅰ」評。「現代詩」？号（不明）に水尾比呂志「少女キキ」評。「九州文学」一二月号に「エスキス母・Ⅱ」掲載。

一九六一（二四歳）

詩誌「白鯨」五号に詩「仮橋」「エスキス母」、詩集評「二つの詩集」。同誌六号に詩「エスキス・母」「贋シオニストの死」「古代少女」、後記。同誌七号に詩「エスキス母」、後記。「詩学」六月号に詩誌「白鯨」の紹介文。「三田文学」7月号に「エスキス母」。思潮社刊「宮崎詩集１９６１」に「エスキス・母ⅠⅡⅢⅣⅤ」。

一九六二（二五歳）

詩誌「白鯨」八号に詩「日比谷公園にて」「水の上で」「お前の問いが」、後記。同誌「白鯨」九号に詩「母への手紙」、後記。同誌一〇号に詩「くらげ」「夏至」「母の肖像」、後記。同誌一一号に詩「あなたは暗く満ちて」「夜景」。「現代詩手帖」四月号の特集「現代詩における愛のイメージ」に詩「水の上で」。「九州文学」八月号に詩「鶴のアルバム。同一二月号に詩「あなたは暗く満ちて」。西日本新聞詩誌評に丸山豊による詩「架橋」評。思潮社刊「年鑑現代詩集１９６２」に詩「少女キキ」再掲。

一九六三（二六歳）

詩誌「白鯨」一二号に詩「叫び」「お前の問いが」。同誌一三号に詩「鳥籠」「求婚」、後記。同誌一四号に詩「花について」。「現代詩手帖」二月号で原崎孝による同人誌推薦作に「あなたは暗く満ちて」。「詩学」六月号、特集座談会「詩の地方性」に出席。「詩学」一二号「年鑑６４」に詩「求婚」。第一詩集「少女キキ」（思潮社）刊行。「九州文学」一二月号に詩「花について」。「九州詩集」１９６３年版

（思潮社刊）に詩「水の上で」。宮崎日日新聞（一二・二）に本多利通による詩集「少女キキ」評。

一九六四（二七歳）

詩誌「白鯨」一五号に詩「村のノート（1）」。同誌16号に詩「村のノート（2）」。同誌一七号に詩「婚姻・ⅠⅡ」。日本深夜放送の「深夜の詩集」（二・一七）で詩集「少女キキ」から詩「駅にて」「水の上で」「鳥籠」「夜景」を放送、同詩は「魔法の会」二月号に掲載。「詩学」二月号の「新署名一七人」で「母への手紙」。「現代詩手帖」二月号に中江俊夫による詩集「少女キキ」評。詩誌「ALME」六一号に江川英親による詩集「少女キキ」評。杉克彦個人誌「銀河」一一号に松本郁夫による詩集「少女キキ」評。「現代詩手帖」一二月号の「現代詩年鑑65」に詩「村のノート2」。「九州文学」2月号に有田忠郎による詩集「少女キキ」評。同12月号に詩「婚礼」。黒田達也著「現代九州詩史」に詩集「少女キキ」評、詩「あなたは暗く満ちて」引用。

一九六五（二八歳）

松井桃太郎、ウメノの長女千寿恵と結婚。詩誌「白鯨」一八号（終刊）に詩「村のノート（4）」、婚姻」、終刊後記。「現代詩手帖」三月号に沢村光博による詩「婚姻」評。「半世界」二一号に詩「婚姻」。宮崎日日新聞（九・一五）に杉谷昭人の詩集「日之影」評。同紙（一〇・四）に田中詮三詩集「果実」評。同紙（一二）に「回顧1965・詩」。「九州文学」一〇月号に「小鳥が黙るときⅠ・Ⅱ」。日本文芸家協会編「現代の詩65」に「村のノート（1）」。

一九六六（二九歳）

「白鯨」同人に金丸桝一、片瀬博子を加えて、詩誌「赤道」創刊。同号に詩「婚姻、夜の部分」。同誌二号に詩「婚姻」、後記。「九州文学」一二月号に詩「夜の樹」。

一九六七（三〇歳）

長男、暁誕生。詩誌「赤道」3号に後記、後改題「早春」。同誌4号に詩「小さな土地」。後記。同誌五号に後記。倉尾武志と渡辺修三編著「鶺鴒集」の編集・校正。

一九六八（三一歳）

詩誌「赤道」六号に詩「木の課題」、後記。高森文夫詩集「昨日の空」の編集・校正。宮崎日日新聞（六・三）に詩「霧」。同紙（七・二九）に高森文夫詩集「昨日の空」評。「詩学」一一月号に「延岡の詩人たち」。「九州文学」一二月号に詩「霧」。宮本一宏「詩の想原」に詩「あなたは暗く満ちて」「水の上で」。

一九六九（三二歳）
二男、有誕生。詩誌「赤道」八号に詩「サロメ」。東京本社転勤。慢性肝炎で北里大学付属病院に十ヶ月入院。早稲田大学講師塩田勉と同室知遇を得る。

一九七〇（三三歳）
病癒えず、延岡支社に転勤。以後入退院を繰り返す。朝日新聞西部版「人物新地図・文芸」に紹介記事。

一九七一（三四歳）
詩誌「赤道」一二号に詩「ひばり」。同誌一三号に詩「桃」。「九州人」九月号に有田忠郎による詩「ひばり」評。

一九七二（三五歳）
詩誌「赤道」一四号に詩「黎明」。「詩学」一一月号の全国同人誌5誌の特集「赤道」に詩「虻」、江森国友「記憶の中の南国の詩人たち」に詩「ひばり」。

一九七三（三六歳）
詩誌「赤道」一六号に詩「聖テレジア」「彼方へ」。「九州文学」一二月号に詩「聖テレジア」。「九州詩集1973年版」に詩「虻」。

一九七四（三七歳）
「九州文学」一二月号に詩「物質」。西日本朝日放送報道部「西日本あすの百人」で紹介を受ける。

一九七五（三八歳）
詩誌「赤道」一八号、後記。第二詩集「虻」（昭森社）刊行。詩誌「南方」三号に詩「樽」。詩学五月号に詩「物質」。「詩学」七月号に川杉敏夫による詩集「虻」評。「ひばり」「花について」「婚姻Ⅰ」引用。宮崎日日新聞（六・九）に金丸桝一による詩集「虻」評。読売新聞西部版（六・一二）の人欄に紹介記事。同紙（六・二〇）に黒田達也による詩集「虻」評。朝日新聞（七・一二）に詩集「虻」評。「九州人」七月号に境忠一による詩集「虻」評。詩「木の課題」「村のノート1」引用。詩誌「ＡＬＭＥＥ」一五六号に有田忠郎による詩集「虻」評。

一九七六（三九歳）
詩誌「赤道」一九号に詩「方法」、後記。同誌二〇号に詩「キャッチボール」、後記。詩集「虻」、昭和五〇年度（第二六回）Ｈ氏賞候補。第六回九州詩人祭福岡大会出席。「赤道」同人片瀬博子、詩人野田寿子に初対面、喫茶店で歓談。「みやざき文芸」昭和五〇年度版に詩「樽」。「九州文学」一二月号に詩

「タンポポ」。季刊「本の手帖」一七号に詩「野いちご」。

一九七七（四〇歳）
詩誌「赤道」二一号に詩「たんぽぽ」、後記。同誌二二号に詩画集「野いちごから」、後記。夕刊ポケット刊「郷土展望」新年号に詩「野の道」。「無限」四〇号に詩「巣」。夕刊デイリー（六・一）に「ユネスコ児童画展」評。同紙（八・九）に甲斐洋の小説「阿蘇」評。同紙（一二・七）に黒木郁朝版画展評「追憶の小径」。宮崎県教育委員会刊昭和五一年版「みやざき文芸」に詩「方法」。「九州文学」一二月号に詩「消しゴム」。

一九七八（四一歳）
父、兄死去。詩人渡辺修三死去。詩誌「赤道」二三号に詩「消しゴム」。夕刊デイリー（新年号）に詩二編「新年の手紙」「春の視線」。同紙「ふるさと文学考」第三回に「中原中也」連載一〇回。同紙（一二・一七）に黒木郁朝版画展評「音とエロス」。朝日新聞西部版（五・二一）に随想「出来事」。宮崎県芸術文化連盟会報に渡辺修三追悼文「詩人」。宮崎県教育委員会刊「みやざき文芸」昭和五二年度版に詩「巣」。雑誌「メタセコイヤ」改題一号の特集「宮崎の詩」に「詩人の庭」。「詩学」一〇月号に「世界のうすれゆく光のなかで－金丸桝一の人と作品」。「九州文学」一一月号の「追悼・渡辺修三追悼」に「詩集『亀裂のある風景』前後」。「郷土展望」一一月号に随筆「三本の樹」。

一九七九（四二歳）
詩誌「赤道」二五号に詩「スプーン」。第三詩集「野いちご」（鉱脈社）刊行。「赤道」（渡辺修三追悼号）を編纂、「あとがき」を記す。朝日新聞西部版（九・一九）に杉本春生による詩集「野いちご」評。夕刊デイリー（一一・一〇）に黒木良典版画展評「象徴の森」。読売新聞西日本風土記（宮崎県）に紹介記事。「九州文学」一二月号に詩「散文１・２」。「土地」二四号に詩「ユスラウメ」「泥濘」。金丸桝一著「宮崎の詩・戦後編（上）（下）」に、詩「爆弾の池」「少女キキ」「エスキス・母」「ＴＷＯ ＢＥＩＮＧＳ」「叫び」「ひばり」「花について」「婚姻」「巣」引用。

一九八〇（四三歳）
詩誌「赤道」二六号に詩「方法１〜１５」。夕刊デイリー（一・一六）に高森暁夫陶器展評「自由とかたち」。同紙（一・二二）黒木郁朝版画集「光の紙」評。同紙（九・三〇）黒木良典版画展評「表象と意味」。西日本新聞に文化評論「椿ヶ丘から」を月一回、一年間連載（ふたつの個展、伝書バト、愛の化学、発明の日、プラスチック時代、梅雨、無名詩人、感傷旅行、修三と白秋、民間ユネスコ運動、夕日、一枚のレコード）。同紙（七・三）に柴田基典による詩「方法15」評。宮崎県詩の会会報に「内省の栞」。宮崎日日新聞に黒木郁朝版画とともに詩「雨」。黒木貞雄個展リーフレットに「小品賛辞」。宮崎県文化団体連合会刊「宮崎県文化年鑑七九年版に「渡辺修三小論」。「九州文学」一二月号に詩「方法16～20」。

一九八一（四四歳）

詩誌「赤道」二七号に詩「方法16～30」、後記。西日本新聞に引続き文化評論「椿ヶ丘から」を月一回、一年間延長連載（寒庭，卒業期、賢者の石、緑金暮春、修善寺、爆弾の池、詩人の夢、心臓の地位、ケセラセラ）。読売新聞西部板に黒田達也による詩「方法16～30」評。「コーヒー共和国」に西一知による詩「方法16～23」紹介。宮崎日日新聞（一〇・七）に追想「渡辺修三のエロス」。同紙（一一・二五）に「風のかたちと小鳥の意味―黒木郁朝・良典の画業によせて」。「詩と思想」一三号に「村のノート（1）」。「九州文学」一二月号に詩「方法31～37」。鉱脈社刊「渡辺修三著作集」（全5巻別巻1）（一九八一～一九八三）の共編著者、各巻栞の「編集部から」を執筆。

一九八二（四五歳）

詩誌「赤道」二八号に詩「方法31～57」、後記。「月刊メロス」五月号に詩「飛翔」。文芸誌「龍舌蘭」一〇〇号記念号に「植物的語彙が意味するもの—渡辺修三の一断面」。第四詩集「方法」（レアリテの会）刊行。「現代詩手帖」六月号のアンケート特集「メディアにさらされる現代詩」に回答。「熊本日日新聞」（八・五）の「九州詩界—同人詩誌評」に詩「方法」評。宮崎日日新聞に「宮崎の文化を考える・リレー往復書簡（相手伊藤泰臣）」。同紙（一二・六）に本多寿による詩集「方法」評。朝日新聞（九・九）の黒木淳吉「交差点」に詩集「方法」評。西日本新聞（九・二七）に柴田基典による詩集「方法」評。朝日新聞西部版に杉本春生による詩集「方法」評。読売新聞西部版（九・二九）に黒田達也による詩集「方法」評。「現代詩手帖」一二月号の「現代詩年鑑83」に詩「方法」。詩誌「子午線」

に入江昭三による詩集「方法」評。「詩と思想」一九号の「83現代詩年鑑」に詩「樽」。「九州文学」一二月号に詩「内と外」。

一九八三（四六歳）

詩誌「赤道」二九号に詩「愛の生活2」、後記。詩集「方法」第三三回（一九八二）H氏賞候補。朝日新聞（五・一九）新人国記（続）／ふるさと群像」に紹介記事。「詩学」八月号に「愛の生活」。「象形文字」三四号に谷内修三の詩集「方法」評。同誌三五号に詩「愛の生活3」。鉱脈社刊「渡辺修三著作集」（別巻1）の栞に「片々拾遺」。宮崎県第百科事典（宮崎日日新聞編）に、詩人「高森文夫」「渡辺修三」の項を執筆。

一九八四（四七歳）

詩誌「赤道」三〇号に詩「愛の生活4」、後記。朝日新聞西部版（一二・一）に「花束のころ」。

一九八五（四八歳）

季刊「本の手帖」三八号に詩「愛の生活・5」。「九州詩集1985」に詩「愛の生活6」。宮崎日日新聞社編「若山牧水」に「牧水の今日性」（宮日一・二五掲載）。宮崎日日新聞（一二・一）に中島めい子詩集「失われた場所」評。

一九八六（四九歳）

詩誌「赤道」三一号に詩「愛の生活4、5」、後記。鉱脈社刊共編著「潮田武雄詩集」巻末に解説「宇宙乞食の眼―潮田武雄の詩」。朝日新聞西部版（七・二三）に潮田武雄詩集刊行に寄せて「無と実存の旅人」。第一六回九州詩人祭宮崎大会で講演「無の系譜－潮田武雄の詩業を通じて」。宮崎日日新聞に金丸桝一詩集「日の浦曲・抄（巻二）」評。「詩学」八月号に詩「愛の生活9」。小海永二著「郷土の名詩」（西日本編）に詩「埴輪」。西日本新聞（一・五）の黒田達也「西日本戦後詩史」で、詩集「少女キキ」紹介。

一九八七（五〇歳）

詩誌「赤道」三二号に詩「愛の生活・解体詩篇」、後記。同誌三三号に詩「雨だれ」。同誌三四号に詩「愛の生活11」。「詩学」四月号に須永紀子の「愛の生活・解体詩篇」評。「遍歴」七号に甲斐知寿子詩集「チガヤの海で」評。読売新聞（六・二三）リレー随筆「私の原風景」に随想「光が私を包んでいた」。九州詩人際大分大会に参加。宮崎日日新聞（八・一三）に「九州詩人祭大分大会に参加して」。詩誌「交野が原」二三号に日原正彦詩集「ひびく星空」評。黒田達也著「西日本戦後詩史」に詩集「少女キキ」とともに詩「叫び」。

一九八八（五一歳）

詩誌「赤道」三五号に詩「愛の生活15」、後記。「詩学」四月号の特集「詩の現場から―いま同人誌は」に詩誌「赤道」紹介。詩誌「交野が原」二四号に詩「愛の生活・14。読売新聞編著「詩の原風景」に随想「光が私を包んでいた」収載。宮崎県詩の会発行「宮崎詩集1988」に詩「愛の生活12」。宮崎日日新聞「文化さろん」に随筆連載（詩を生きる農夫、現代美術の楽しみ、日向・延岡ユネスコ活動、小野恵一朗大壷展、甲斐洋さんの小説、延岡市図書館七〇周年、・秋の招待状、詩華集宮崎詩集）。同紙（九・二六）に「渡辺修三没後一〇年」。

一九八九（五二歳）

詩誌「赤道」三六号に詩「愛の生活16」、後記。同誌三七号に「愛の生活17、18」、後記。詩誌「赤道」終刊。六月四日、本多利通死去。赤道の会編遺稿集「老父抄」に「あとがき」。「詩と思想」八月号の「全国詩界ニュース・宮崎県」に「南方通信」。宮崎県芸術団体連合会刊「南方詩集」に詩「古代少女」。西日本新聞（九・一一）に本多利通追悼記「詩人であること」。「現代詩手帖」一一月号に「魔の山―本多利通の死」。「詩学」一一月号に本多利通追悼文「言いのこしたこと」。詩誌「葦雁」六号に美村幹追悼文「美村さんの詩法」。「龍舌蘭」黒木清次追悼号に追悼文「西田技師の精神性」。宮崎県高等学校教育研究会国語部会発行「宮崎の文学」に詩「水の上で」。宮崎日日新聞「文化さろん」に連載随筆（発明家の夢、寒暖往来）。同紙に本多利通追悼文「枝に泣く日」。詩誌「赤道」三八号で終刊。読売新聞西部版（一一・三〇）の「ふるさと人国記」に紹介記事。

一九九〇（五三歳）

「現代詩手帖」三月号に詩「懐旧詩篇」「小道」「庭」「部屋」。「赤道」別冊「本多利通追悼号に「枝に泣く日」「魔の山」「老父抄」（あとがき）「言いのこしたこと」。杉谷昭人詩集「人間の生活」に解説「人間の豊かさとやさしさ」。月刊「近江」一二月号の特集「宮崎の詩人」に詩「言分け論」。教育企画出版刊「現代日本詩人全集・宮崎の詩人」の「みえのふみあき詩集」に「少女キキ」「古代少女」「ビブリスの歌」「エフタの娘」「駅にて」「水の上で」「叫び」「夜景」「あなたは暗く満ちて」「黎明」

「ひばり」「歌」「サロメ」「花について」「桃」「虹」「聖テレジア」「婚姻」「愛の生活1・2・3・4・5」「方法62」。書肆季節社刊、塚本邦雄監修「現代詩コレクション」に詩「木の課題」「方法」「消しゴム」。

一九九一（五四歳）

夕刊デイリー（一・二五）に「ふたつの詩華／高森文夫と本多寿」。同紙（六・二〇）に杉谷昭人「土地の名、人間の生活」。同紙（一〇・三〇）「黒木定雄版画展によせて」。「詩と思想」五月号に「懐旧詩篇Ⅱ」。「三田文学」二七号に詩「旅のあと」。「現代の詩・1991」（日本現代詩人会編）に詩「見分け論」。エフエム宮崎の特番「ソラの国－高千穂」を執筆、出演。毎日新聞「ハガキ随筆」審査。

一九九二（五五歳）

旭化成工業退社。日本現代詩人際に参加、第四一回H氏賞受賞式で、受賞詩人杉谷昭人の紹介スピーチ。「詩と思想」五月号の全国地域別代表詩人作品集に「別離1．2」。田中詮三詩集「旋律」に解説「海は豊かでかなしいですか」。毎日新聞「ハガキ随筆」審査。朝日新聞西部版「つれづれ草紙」に随筆「日南線」。

一九九三（五六歳）

本多企画刊「本多利通全詩集」に解説「純粋を生きる－詩人本多利通の詩と生涯」。詩誌「現在」別冊「西村光春」追悼号に「西村さんの寛容」。毎日新聞「ハガキ随筆」審査。第二三回「九州詩人祭」宮崎大会に参加。宮崎日日新聞（九・九）に「第二三回「九州詩人祭」宮崎大会に出席して」執筆。本多企画刊、詩誌「枝」編集を受け、1～2号に「あとがき」執筆。

一九九四（五七歳）

「詩学」七月号に詩「空1．2」。第五詩集「雨だれ」（本多企画）刊行。ぎょうせい刊「ふるさと文学館第五二巻「宮崎」」に詩「少女キキ」「巣」。宮崎日日新聞（八・一）に金丸桝一による詩集「雨だれ」評。京都新聞（八・一九）に粕谷栄市による詩集「雨だれ」評。大分合同新聞（九・五）に長谷目源太による詩集「雨だれ」評。読売新聞西部版に柴田基孝による詩集「雨だれ」評。西日本新聞（九・六）に山本哲也による詩集「雨だれ」評。朝日新聞西部版（九・三〇）に黒田達也による詩集「雨だれ」評。詩誌「枝」三～四号「あとがき」執筆。

一九九五（五八歳）

詩集「雨だれ」、一九九四年度H氏賞、地球賞、現代詩人クラブ賞、土井晩翠賞、丸山薫賞、丸山豊賞の候補、推薦を受ける。「詩と思想」一・二月号の「９５現代詩年鑑」に詩「雨だれ」。「詩学」五月号に小詩集「裏山」（北斜面、梅園、早春、音楽、土手、脇道、闇の岸辺）。宮崎県／宮崎県教育委員会発表詞華集「一二〇のふるさと」に詩「青島１・２」。東京出版「現代詩華集９５」に詩「青島１・２」。毎日新聞西部版（一〇・六）に北川透による詩集「雨だれ」評。詩誌「枝」五〜六号に「あとがき」執筆。

一九九六（五九歳）

「市政」四号に詩「春よ」。「ほすあび」二号に詩「空」韓国語訳。詩誌「枝」七〜八号に「あとがき」執筆。「枝」終刊。

一九九七（六〇歳）

渡辺修三詩集「新編・谷間の人」編集、同詩集巻末に解説「憂愁のモダニスト」。詩誌「ＡＬＭＥＥ」三二八号に柴田基孝詩集「水音楽」評。「ほすあび」三号に詩「春よ」の韓国語訳。宮崎日日新聞（一・八）新春座談会「どう切り開く－宮崎の文化」に出席。本多利通をしのぶ会「卯の花忌」で、講演「本多利通と渡辺修三」。夕刊デイリーに「延岡の詩人たち」（一回渡辺修三／二回高森文夫））。宮崎日日新聞文芸時評「ことばの斜面」担当（月一回）。有田忠郎氏の推薦により大阪の詩誌「乾河」同人。「乾河」一九号に詩「街角」「ホテル」「駅」、散文「発明狂」。同二〇号に詩「西湖」、散文「哭壁」。

一九九八（六一歳）

田中詮三とヨーロッパパックツアーに参加。義母千枝子、詩人高森文夫死去。夕刊デイリーに「延岡の詩人たち」（3回本多利通と寿／4回その他の詩人たち、輝く星座）。大分合同新聞（九・一一）に「大分の詩人と私－大分県詩集１９９８年版をよんで」。「龍舌蘭」創刊六〇周記念行事で基調講演、宮崎日日新聞（一〇・一三）に同抜粋、同パネラー発言要旨（一〇・一）。宮崎日日新聞文芸時評「ことばの斜面」担当（月一回／終了）。「大分県詩集１９９８年版」に詩「夢なかで春はいまも」。詩誌「ＢＯ」一六号に詩「秋色」。詩誌「乾河」二一号に詩「夕日」、散文「水」。同二二号に詩「春」、散文「廃園」。同二三号に詩「驟雨」「鐘楼」、散文「野地」。

一九九九（六二歳）
宮崎日日新聞に宮日出版文化賞受賞南邦和詩集「メニエール氏」評。同紙一一・一四）に鈴木素直詩集「馬喰者の眼」評。詩誌「乾河」二四号に詩「闇」、散文「詩人の死」。同二五号に詩「旗」、散文「生活」。同二六号に詩「月光Ⅰ・Ⅱ」、散文「白百合」。宮崎医科大にて第一回肝細胞癌摘出手術。

二〇〇〇（六三歳）
宮崎日日新聞に宮日出版文化賞受賞の金丸桝一評論集「詩の魅力／詩への道」及び神尾季羊句集「日向（ひむか）」評。読売新聞西部版（九・三）に詩「朝」。宮崎日日新聞（一〇・一五）に長尾典昭詩集「夢幻（ゆめまぼろし）」評。同紙（一二・一七）に杉谷昭人詩集「小さな土地」評。「ＣＯＡＬＳＡＣＫ」三七号に金丸桝一弔辞「金丸さん、さようなら」。詩誌「乾河」二七号に詩「秋の日」「夏の終わりに」「螺旋階段から降りて」「月の光」、散文「遠い国」。同二八号に詩「約束」、散文「砂漠の火」。同二九号に詩「星空」、散文「レッドライオン」。

二〇〇一（六四歳）
本多寿主宰誌「禾」創刊号に詩「夜の仕事」。「資料・現代の詩２００１」（日本現代詩人会編）に詩「梅園」再掲。詩誌「乾河」三〇号に詩「夜の庭」、散文「二つの展覧会」。同三一号に詩「夜空」、散文「沖縄の春」。同三二号に詩「誤解、暴力」、散文「いたずら」。神戸での「乾河」同人会に初参加。

二〇〇二（六五歳）
土曜美術社出版販売新編日本現代詩文庫「本多寿詩集」に解説「始まりと終わりの彼方へ－本多寿の詩と真実」。評論集「白鯨・赤道の詩人たち」（鉱脈社刊）。「現代詩手帖」九月号に小詩集「別府」（坂道、同窓会、雷鳴、地獄、証明、喜遊曲、灰の朝）。「現代詩手帖」一〇月号に南邦和による評論集「赤道・白鯨の詩人たち」評。宮崎県詩の会「会報」復刊１２号に「詩」。宮崎日日新聞（六・一四）、「卯の花忌」のパネルディスカッション（要旨）」、同紙（八・二六）に杉谷昭人による評論集「白鯨・赤道の詩人たち」評。同紙（九・八）に本多寿による評論集「白鯨・赤道の詩人たち」評。読売新聞西部版に柴田基孝による評論集「白鯨・赤道の詩人たち」評。詩誌「乾河」三三号に詩「人攫い、略奪」、散文「名作未読」。同三四号に詩「春」「気まぐれ」、散文「ヨーグルト」。同三五号に詩「ビッグ・アイ」、散文「遺作」。
二〇〇三（六六歳）
評論集「白鯨・赤道の詩人たち」（鉱脈社刊）、小野十三郎賞候補（「樹林」一一月号所載）。宮崎日日新聞（八・一七）に瀬口黎生小説集「潮のわかれ」評。西日本新聞（一一・一七）に詩「萩」「柿」。宮崎日日新聞（一一・二三）に本多寿「果樹園通信」評。宮崎日日新聞（一二・二二）に「宮崎県内回顧・文学」。詩誌「乾河」三六号に詩「河口」、散文「野ばら」。同三七号に詩「賓客」、散文「大蛸」。同三八号に詩「棒」、散文「アガパンサス」。
二〇〇四（六七歳）
「みやざきの先達詩人」パンフレットに「嵯峨信之」。第六詩集「春２００４」（鉱脈社）刊行。朝日新聞西部版（一〇・一七）に杉谷昭人による詩集「春２００４」評。夕刊デイリー（六・二六）に「卯の花忌・暮雨につどいて」。宮崎日日新聞（九・二九）に杉谷昭人による詩集「春２００４」評。夕刊ディリー（一〇・二）に「回想の画家たち」。宮崎日日新聞（一〇・三一）に有田忠郎による詩集「春２００４」評。読売新聞西部版（一〇・二七）に樋口伸子による詩集「春２００４」評。宮崎日日新聞（一二・二二）の年鑑回顧に杉谷昭人による詩集「春２００４」評。詩誌「乾河」三九号に詩「丘」「軌跡」、散文「家族写真」。同四〇号に詩「早春」、散文「光ピンセット」。詩誌「乾河」四一号、詩「路上」「萩」、散文「真夏の夜の夢」。
二〇〇五（六八歳）
宮崎日日新聞元旦号に詩「あけぼの」。毎日新聞宮崎版（五・二六）に詩人「みえのふみあき」の紹介。「詩と思想」一・二月号「２００５年現代詩年鑑」の「２００４年ベスト・コレクション」に詩「音楽」。また同誌に龍秀美による詩集「春２００４」評。詩集「春・２００４」土井晩翠賞最終候補。「宮崎県詩の会会報」復刊一六号にエッセイ「薄志弱行」。第二回肝細胞癌摘出手術。詩誌「乾河」四二号、詩「白金」、散文「南阿蘇・竹田」。同四三号、詩「蘇生物語」、散文「エレベータ」。同「乾河」四四号、詩「病院にて」、散文「二冊の本」。
二〇〇六（六九歳）
詩誌「乾河」四五号、詩「丘の上にて」、散文「乗物酔い」。詩誌「乾河」四六号、詩「渚にて」、散文「引越し」。八月、第三回肝細胞がん手術。麻酔禍で幻覚、ベッドに拘束される。同四七号、詩「湖畔にて」、散文「ボーロ」。宮崎日日新聞郷土の本欄（三・二七）に亀澤克憲詩集「交信」評。

二〇〇七（七〇歳）
詩誌「乾河」四八号、詩「窓辺にて」、散文「夕張の春」。同四九号、詩「淵にて」、散文「青い獣」。同五〇号、詩「草原にて」、散文「宮崎の先達詩人たち」。神戸新聞「詩誌の窓」（七・一八）で鈴木漠による「乾河」の「青い獣」紹介。第三七回九州詩人際宮崎大会で、講演「帰郷者の空─生誕一〇〇年を迎えた宮崎の詩人たち」。懇親会で、ドイツ文学者神品芳夫、詩人外村京子の知遇を得る。

二〇〇八（七一歳）
詩誌「乾河」五一号、詩「空き巣にて」、散文「チェーホフの憂苦」。同五二号、詩「小道にて」、散文「雲の端居」。同五三号、詩「西海にて」、散文「私の図書館」。東京にて、外村京子、神品芳夫と再会。早稲田大学教授塩田勉と四〇年ぶりに再会。本多利通の「卯の花忌」に出席。夕刊デイリーに「詩誌白鯨の時代」執筆。

二〇〇九（七二歳）
宮崎日日新聞に本多寿詩集「草霊」評。早稲田大学比較文学研究室刊「比較文学年誌」第四五号に、塩田勉「みえのふみあき詩集＝少女キキ」－非在からの出発─が掲載される。勉誠出版文芸誌「月光」創刊号の野口達郎「中原中也のいる風景－点描高森文夫」に、拙論「日向・延岡での中也と文夫」の高森家来訪3回説が引用される。第三九回九州詩人際鹿児島大会に出席、詩人新藤凉子に挨拶。詩誌「乾河」五四号、詩「バス停にて」、散文「ＤＮＡ」。同五五号、詩「山の端にて」、散文「知覧」。同五六号、詩「草の葉にて」、散文「書物」。詩誌「乾河」同人会（奈良）に出席。

二〇一〇（七三歳）
野田宇太郎顕彰会会報ⅩⅦに「野田宇太郎と延岡の詩人たち－詩精神の照応と継承をめぐって」。「宮崎詩集２０１０」に詩「橋上にてⅠ、Ⅱ」、講演要旨「帰郷者の空─生誕１００年・宮崎の先達詩人たち」再掲。第四回肝細胞癌の発症で入院、外科的手術困難との診断を受け、内科にて経皮的局所穿刺術（ラジオ波焼灼、エタノール注入）を数回受けるが、副作用で肺に胸水が溜まり、癌治療を中断して一旦退院する。退院二週間後、嘔吐、下血で血液の半分を失い、救急車で再入院、輸血その他による一週間の絶食治療後順調に回復、二週間目に退院する。小海永二個人誌、季刊「ル・ファール」五号に詩「水門にて」。「資料・現代の詩２０１０」（日本現代詩人会編）に、詩「淵にて」再掲。詩誌「乾河」五七号に詩「駅にて」、散文「冬薔薇」。同五八号に詩「花畑にて」、散文「うわの空」。同五九号に詩「駐車場にて」「焼け跡にて」、散文「なよたけ」。

二〇一一（七四歳）

詩誌「乾河」六〇号に詩「丘陵にて」、散文「椋鳩十文学記念館」。同六一号に詩「春の庭にて」、散文「暗箱—水橋晋さんの夢」。同六二号に詩「銀河にて」、散文「拉致銀座」。

二〇一二（七五歳）

詩誌「乾河」六三号に詩「青島にて」、散文「一日」。同六四号に詩「クヌギ林にて」、散文「有田忠郎さんの死」。同六五号に詩「止まり木にて」散文「トマト」。自分史『蜜かけカキ氷の蜜の味』刊行。

二〇一三（七六歳）

三月一九日午後八時五十五分、宮崎市医療センター病院にて死去。死因は肝細胞癌。

八月一日　本多寿の編集による遺稿詩集『枝』（本多企画）が発行される

※２０１１〜２０１３分は、本人制作の年譜に本多寿が書き加えた。

後記

『みえのふみあき詩選集』は、みえのが生前に刊行した六冊の詩集と、死後に刊行された詩集『枝』（本多寿編）を加え、さらに「未刊エッセイ」を付して一冊としたものである。

既に刊行済みの『「白鯨」・「赤道」の詩人たち』（二〇〇二年・鉱脈社）と、自分史『蜜かけカキ氷の蜜の味』（二〇一二年・私家版）によって、みえのふみあきの詩論や詩人との交遊・来歴を知ることはできる。しかし、肝心の詩業を辿ることができない憾みが残っていた。

また、折に触れて詩誌に書いた編集後記やエッセイに時代を反映したものがあり、これらを付すことによって、詩人みえのふみあきの詩と思想の全貌が俯瞰できるようになるのではないかと思い、田中詮三氏、亀澤克憲氏、外村京子氏の協力を得て内容を決定した。

なお、みえのふみあき氏の長男・三重野暁氏には、本集刊行にあたり過分な助成をいただいた。皆様に心より御礼を申し上げます。

二〇一五年三月　　　　本多　寿

みえのふみあき詩選集

二〇一五年三月二〇日初版発行

著　著　みえのふみあき©
発行者　本多　寿
発行所　㈲本多企画
〒八八〇-一三一二宮崎市高岡町花見二八九四
電　話〇九八五-八二-四〇八五
FAX〇九八五-八二-四〇八七
印　刷　宮崎相互印刷
製　本　梶本製本
定　価　三〇〇〇円＋税

落丁本・乱丁本はお取り替えいたします。　Printed in Japan
ISBN978-4-89445-475-0 C0092